寂寞的向日葵

蓝月

百花洲文艺出版社
BAIHUAZHOU LITERATURE AND ART PRESS

图书在版编目(CIP)数据

寂寞的向日葵／蓝月著．—南昌：百花洲文艺出版社，2013.10 （2018.12 重印）

（微阅读 1+1 工程）

ISBN 978-7-5500-0793-2

Ⅰ.①寂… Ⅱ.①蓝… Ⅲ.①小小说—小说集—中国—当代 Ⅳ.①I247.8

中国版本图书馆 CIP 数据核字(2013)第 252365 号

寂寞的向日葵

蓝　月　著

出 版 人：姚雪雪

组稿编辑：陈永林

责任编辑：赵　霞　龚晴瑜

出　　版：百花洲文艺出版社

发行单位：全国新华书店

印　　刷：湖北画中画印刷有限公司

开　　本：700mm×960mm　1/16

印　　张：12

版　　次：2014 年 2 月第 1 版

印　　次：2018 年 12 月第 3 次印刷

字　　数：128 千字

书　　号：ISBN 978-7-5500-0793-2

定　　价：29.80 元

赣版权登字：05-2013-348

邮购联系：0791-86895108

网址：http://www.bhzwy.com

前　言

以“极短的篇幅包容极大的思想”，才能够以小胜大，经过读者的阅读，碰撞出思想的火花，震撼人的心灵。正因为这样，微型小说成为一种充满了幽默智慧、充满了空灵巧妙的独特文体。

如果说在二十一世纪的头一个十年，是互联网大大改变了我们的生活，那么在我们正在经历的第二个十年里，手机将更为巨大地改变我们的生活。如今，以智能手机为平台，正在构成一个巨大的阅读平台。一种新的阅读方式正不知不觉地走进大众的生活。一个新的名词就此产生，它便是“微阅读”。微阅读，是一种借短消息、网络和短文体生存的阅读方式。微阅读是阅读领域的快餐，口袋书、手机报、微博，都代表微阅读。等车时，习惯拿出手机看新闻；走路时，喜欢戴上耳机“听”小说；陪人逛街，看电子书打发等待的时间。如果有这些行为，那说明你已在不知不觉中成为“微阅读”的忠实执行者了。让我们对微型小说前景充满信心和期待的是，微型小说在微阅读的浪潮中担当着极为重要的“源头活水”。

肩负着繁荣中国微型小说创作、促进这一文体进一步健康发展的责任和使命，微型小说选刊杂志社推出了“微阅读1+1工程”系列丛书。这套书由一百个当代中国微型小说作家的个人自选集组成，是微型小说选刊杂志社的一项以“打造文体，推出作家，奉献精品”为目的的微型小说重点工程。相信这套书的出版，对于促进微型小说文体的进一步推广和传播，对于激励微型小说作家的创作热情，对于微型小说这一文体与新媒体的进一步结合，将有着极为重要的作用和意义。

编者

2013年8月

目　　录

神针杨三扎

梅镇人有个头疼脑热，腰膝酸疼啥的都喜欢找杨三扎。

杨三扎的针灸手艺被梅镇人传得神乎其神，说就算你蔫巴得不行了，只要进了神针杨三扎的门，不出一个时辰准能活蹦乱跳着出来。

镇长王老四有个宝贝女儿叫芙蓉，生得那真是花容月貌。可是眼看已到婚嫁年龄，硬是没人愿意娶。为啥？芙蓉有个怪病，平日里看着好好的，可是每到月圆之夜，就会口吐白沫，浑身抽搐，抱着脑袋满地打滚。

大夫来了一个又一个，就是瞧不好芙蓉的病。

你要问了，怎么不找杨三扎？

找了。那日杨三扎见了芙蓉，三指在脉门上一扣，忽而点头，忽而摇头，末了拱拱手说请另请高明。

王老四一听急了，这病你治不了？

那倒不是。杨三扎不紧不慢地说，只是……我还是不说为好。

尽管说。

杨三扎左右观望还是不语。

王老四甩甩手蔽退左右。

令千金之病，是阴寒所致，需得净身洗浴，浴汤配以川芎、当归、红花、乳香、五灵脂、骨碎补、天仙藤、急性子、川续断熬制的汤汁，撒上玫瑰花瓣浴泡半个时辰……

这个好办。

且慢，我还没说完，要治令千金之病还需以男人之纯阳驱之……

胡说！芙蓉还是黄花大闺女！

是。我也觉得不可行，得罪，告辞。

杨三扎笼着袖躬身走了。

芙蓉的病越来越重，发作时间也越来越长，痛苦万分的芙蓉哭着喊，爹啊，你就让女儿死了吧！看到女儿的痛苦样，王老四那个揪心啊！想来想去，别人治不了，还是只能找杨三扎。

可是，就算杨三扎能治好，芙蓉今后还怎么嫁人？王老四的婆娘不无担忧地说，要不让芙蓉嫁了杨三扎？

王老四眉一横，妇人之见。我们的女儿哪能便宜了那乡村野夫？

在一个天黑之夜，王老四还是找到了杨三扎。

上过茶，王老四干咳几声吞吞吐吐说，这个……小女的病……你能说说具体医治方法吗？

杨三扎拱手说，这下下之策不说也罢。

王老四探身说，这里没有别人且先说我听听。

杨三扎说，好吧。令千金泡浴之时，我在她百会、头维、头神庭扎针，并与之四掌相合，导出阴寒之气，以达到标本兼治的效果。不过要注意了，这半个多时辰内，千万不能有外人打搅。

王老四忽地站起身，转了三个圈，长叹一声说，小女的病就拜托先生了。

杨三扎也拱起身问，你当真考虑清楚了？

王老四咬咬牙说，是。只要你能治好小女的病，我就把她许配给你。

这可使不得！我杨三扎瘦小丑陋怎配得令千金千金之躯？

使不得？王老四想，亏你小子还有些自知之明。嘴上却说，先生别有顾虑，只管替小女治病就是。

来得王府，四周静悄悄的，芙蓉的闺房还亮着灯，王老四的婆娘在门前张望。

王老四说浴汤已准备好，就等先生了。

杨三扎说声好，取出银针，迅疾地刺向自己的双目。

王老四惊道，你这是为何？

杨三扎用布条绑好眼睛说，以免窥得小姐玉体，我先自盲双目。

你盲了双目，如何替小女施针？

不怕，人体穴位已了然我的脑中，不用双眼我亦能分毫不差。你只管扶我过去。

王老四冲婆娘点点头，婆娘就扶着杨三扎进了屋。

婆娘不放心凑在窗子上张望，雾气腾腾地看不清楚。

不到半个时辰，门吱呀开了。

杨三扎脸色灰黄，神情疲惫地走出了房门。

王老四赶紧迎上去扶住杨三扎，小女的病怎么样了?

杨三扎说已无大碍，但要彻底根治，还需继续施针七七四十九天。

王老四说那你就留在我府中吧。不过需留在小女厢房，不得随意走动，你的饮食我会派专人伺候。

杨三扎说也好。

一晃四十九天过去，芙蓉的病真的没有复发。

王老四高兴极了，摆上酒宴，芙蓉亲自斟酒作陪。

王老四说，感谢你医好了小女的病，我答应先生的许诺也该兑现了。

杨三扎慌忙起身，不敢不敢。我虽然为令千金诊治，但是并未见得千金玉容啊。今日我满饮三杯就此告别。

第二天，梅镇就没了杨三扎的身影，同时不见的是镇长千金芙蓉。

三年后，王老四在离梅镇三十里之远的麒麟镇看见了杨三扎，杨三扎依然以针灸行医，在杨三扎身边忙前忙后的不是别人正是芙蓉。王老四怒从心起，好你个杨三扎，当年我明明答应了你亲事，你故意推辞，暗底下却又干出诱拐我女儿的勾当!

芙蓉“啪”地跪倒在地，请爹爹饶了我夫君。夫君为了诊治我，自盲双目，耗尽心血，你不该心生恶念啊!那天你在酒里下了“三日散”之毒，被我偷偷换掉了。

王老四一个趔趄，哎，女大不中留啊!爹那样做，还不是为了你?杨三扎，其实我真的有意将女儿许配给你的，可是你蠢啊，竟然弄残了自己，我女儿又怎能嫁给一个瞎子?

杨三扎嘿嘿一笑说，当年我要是不自盲双目，你又怎能放我活着离开?

绿　莲

何家大院在梅镇算得气派。其实这何家大院原先不是何家的，是何家老太爷做生意发迹了，买下了落魄秀才庄生的旧宅。庄家祖先显贵，可惜家道中落，庄生起先还能和一些狐朋狗友吃喝玩乐，后来坐吃山空连吃饭也成问题了。便让精明的何老太爷捡了个现成。稍加修缮，庄府就变成了何府。

别看何家大院风风光光，气气派派，何家也有说不出的苦。

搬进大院没几年，何老太爷就亲手操办了独子（也就是何老爷）的亲事，儿媳妇当然是官宦人家的千金，有个当官的亲家，做起生意就更稳如磐石了。第二年又喜添贵子，何老太爷春风得意，大摆筵席为孙子起名何麟。可是想不到的是，小公子不是麟儿却是个憨儿，并且接下来几年儿媳妇的肚子居然没了动静，何老爷那个急呀，不管儿媳妇反对，亲家公干预，硬是替何老爷纳了一房妾。千等万盼，孙子没等来，新纳的小妾居然莫名其妙一命呜呼了。把个老太爷气得瞪着双眼一头栽在太师椅里再也没起来。

梅镇人都说，是何家占了庄家的祖宅，遭报应了。于是也没人敢把自己的闺女往虎口里送。何家大院也就一直风风光光冷冷清清着。

一天清晨，一乘小轿从偏门进入了何家大院。

轿子里出来一位秀丽的女子，女子抬手捋了下齐耳短发，又掖了掖粉红的旗袍。

一个十三四岁的小丫鬟早早候着，小丫鬟说，奴婢叫小印子，是老爷吩咐专门伺候三太太的。女子冲小丫鬟微微一笑便跟着往里面走去。紫藤长廊很幽很深，这时候正是紫藤开花的时间，几只蝴蝶无声地追逐嬉戏着，阳光从缝隙里漏进来斑斑驳驳的，给人以神秘的感觉。

这位靓丽又不乏时尚的女子名叫绿莲。是何老爷新纳的小妾。

来何家是她自己主动提出来的。

绿莲的父亲和何老爷是生意上的朋友，确切来说何老爷是他们家的老主顾。

绿莲的父亲经营干货生意（从北边往南边倒腾干货），虽然买卖不算大倒也衣食无忧，绿莲从没有为生活烦恼过，还上了洋学堂。可是天有不测风云，父亲一次运货回来，途中遇上了山贼，不仅货物被劫，还被扣押上山。说如不缴上三千两赎银就撕票。三千两对于小本经营的绿莲家简直是天文数字，绿莲急得泪雨滂沱不知道如何是好。幸好何老爷及时赶到，劝慰道，不用惊慌，一切有我。绿莲感恩涕零便欲跪下。何老爷双手扶起说，朋友有难理当相助。眼神却不断在绿莲的粉腮上抚来抚去。

许是惊吓过度，绿莲的父亲回到家中后就一病不起，旧账未还，又添新愁，绿莲父亲垂着泪长叹不止。绿莲咬了咬嘴唇说，爹，你央人跟何老爷提亲吧。绿莲父亲说，这何家大院不是好去的，听说……绿莲说放心吧，女儿过去受不了苦。

大太太的房间到了。

小印子停下脚步，只见大太太的贴身丫鬟守在门口。嘘，大太太身体不舒服，在休息呢。

那我们先回房，一会再来。

绿莲浅笑着说。

大太太肯定是……小印子撇撇嘴。绿莲笑着说小丫头家家别乱说话。小印子便吐了吐舌头。

到了房里，丫鬟利索地伺候着。

绿莲漫不经心地打量房间，房间的布置很雅致，名人字画，玉器古玩一应俱全，尤其是窗台边上的那盆兰花碧绿碧绿的特别清新悦目。

何老爷来时已经是半夜了，吐着满嘴酒气。绿莲上前替他宽了衣，还没等把衣服挂好，他已经倒在床上打起了鼾。绿莲看着床上这个烂醉如泥的和父亲年龄相仿的男人，心里涌起丝丝酸楚，再想想嫁谁不是嫁呢？这个男人毕竟是自己的恩人。

三个月后，绿莲的父亲还是病逝了。绿莲居住的后院除了打扫卫生修剪花草的几个佣人，几乎没有生气，连阳光也是懒洋洋的。望着幽深的紫藤长廊，绿莲觉得这个长廊就像一扇门，自己的生命从此就进入了静止状态。

院子里有一架秋千，这似乎是院子里唯一能活动的东西。

闷了，绿莲就拿一本书，去那里看，或者让小印子推着荡荡秋千。

你好。

绿莲被冷不丁的男声吓了一跳，抬起头，看见一张年轻的陌生男人的脸，不由得脸上飞起了桃红，但是她很快就稳定了情绪，反问道：你是谁？你怎么会在这里？

我是何老爷请过来教何公子功课的先生。年轻人灿烂地笑着，伸手弹了弹衣服。年轻人的笑容也感染了绿莲，哦？那么你不在书房教书跑这里来干什么？

这个……年轻人的脸有点红。何公子还真不好教，讲课时他居然睡着了……我就随便走走，发现这个紫藤长廊很美，就信步走了过来。你是何家小姐吧？

三太太，三太太。是小印子的叫声。绿莲赶紧站起了身子。

慢走。我这里有一本书，借与……你解闷吧。年轻人递过一本白色封皮的书。

绿莲看了看小印子的方向，我怎么还你？

三天后还在这里吧。年轻人说完转身走了。

吃过晚饭，何老爷过来了，绿莲一边替何老爷按摩，一边说，老爷，我老待在屋里都要闷出毛病了。

何老爷闭着眼睛问，那你想怎么样？有吃有穿还不称心？

老爷，我想替你料理生意……绿莲的手在老爷肩膀上轻轻地捏。

哪有太太抛头露面做事的道理？

老爷……

别说了。何老爷打断了绿莲的话头，站起身一伸手。绿莲知道何老爷是要穿衣服，何老爷终究不敢在自己屋里睡下。

接下来的日子，绿莲天天闷在屋里看书。三天后，绿莲竟然离奇失踪了。

大太太替何老爷点燃烟枪，说，我一早就看出那是一条喂不熟的狗。

何老爷眯着眼说，她还能跑出我的手掌心去？

没等何老爷找绿莲，绿莲自个儿回来了。但她不是一个人回来的，几个人轻装简束趁着夜色掩护，就像几只灵巧的燕子飞进了何家大院。

何老爷从梦中惊醒，脖颈处凉凉的，寒光闪烁。何老爷抖了声音，绿莲你这是？我待你不薄呀……

绿莲一声冷笑，老贼，虽然你惧内，但贼心不死，为了得到我，勾结土匪谋害我爹爹，更可恨的是，你居然勾结日本人贩卖军火。

我冤枉呀，绿莲，你别听别人瞎说……何老爷眼泪簌簌流下。

还装，你看看我边上的是谁？要不是先生给我送信，引领我逃出樊笼，到现在我还被蒙在鼓里。

他不是我为麟儿请的先生吧？

是，可他还有另个身份。

难道是共？……何老爷惊得瞪大了眼睛，一下子软了身子。

第二天，何家大院乱成了一锅粥。何老爷被杀，大太太发疯。镇长王老四亲自带队侦查，除了何老爷房里贴的一张纸，上书：“取不义之财，杀不仁之人”，其他一无所获。王老四看着那张纸，明显地哆嗦了一下，一甩手说：收队。

父亲的荣耀

看来，不下猛药不行了。

马晓杰咬着下嘴唇，眼睛望着窗外不停摆动的杨柳枝，心里刺刺拉拉的。

这几天，他一直在反复谋划一个最有效的方法，最后锁定——玩失踪。只有失踪了才能体现自己的重要性，让父亲不得不重视起来。

最近学校里风行起了智能手机、笔记本。那东西确实好用，什么资料、信息，手指一动都能查到，可便捷了。马晓杰私下看中了一款黑色的TCL笔记本。

但是当他信心满满提出来的时候，父亲却拒绝得相当干脆。说这东西没啥大用，就是摆谱。查资料，学校不是有电子图书室？

还没等他列出更有力的理由，父亲冷着脸收拾碗筷去了厨房，这态度摆明了无须再提，没得商量。

马晓杰哗啦站起身，狠狠踢了一脚刚坐过的椅子，砰的一声关上了自己的房门。

和父亲对抗，自己当然是弱方，无异于蚂蚁对抗大象。

当年父亲下岗，妈妈嫌父亲没出息，傍了个大款头也不回地跑了，父亲非但没有趴下，还找到了份体面工作，是一家装潢公司。看着出入光鲜的父亲，邻里们都伸出了大拇指。马晓杰打心眼里崇拜自己的父亲，并且暗下决心将来一定要超过父亲。可在这件事上父亲未免也太那个了吧！虽说笔记本对于一个中学生来说确实可有可无，但是同学们一个个买了，自个儿不跟上，岂不是颜面尽失？

纠结了半个多月，马晓杰摒不住了。

周五放学后，马晓杰破例没有回家，去了同学江华家。他对江华说，老爸出差了，上他们家蹭两天。江华很义气地用中指推了推鼻梁上的眼镜说，没问题。

江华的父母是做生意的。走进江华宽敞明亮的家，马晓杰感觉浑身毛孔都透着舒坦，他拉开落地长窗的窗帘往外张望，外面是一幢幢的花园小别墅。这别墅就是不一样呀，浑身透着高贵！没等马晓杰的感叹说出口，他发现了一个人，那个人挂在一家新别墅的外墙，手里拿着一把冲击钻正费力地往墙上打眼。

唉，人和人不能比呀！马晓杰突然对墙外的那人产生了怜悯，于是目不转睛地看着他劳作。那人的脸无意中转了一下，好像是在抹汗，转过来的一瞬，马晓杰的心咯噔了一下，那人的脸怎么看着那么眼熟呀！对了，父亲，那人和父亲长得太像了！可是，父亲哪天出门不是西装革履的？这人，一身脏不拉几的帆布工作服，怎么可能？……

马晓杰突然想起了什么似的，颤着手从裤袋里摸出手机，拨通了父亲的电话，随着电话里嘟嘟的铃声，他的心里五味杂陈，忐忑不安，他希望那个人，没有反应。他希望听到父亲威严洪亮的声音从电话里传出来，但和眼前那个人毫无关系，不是！不是！不是……那人果然没反应，正当马晓杰的心开始平静下来的时候，那人停下了手中的活儿，开始掏口袋，摸出了电话……

马晓杰像被针刺到了一样摁掉了电话，他失魂落魄地一屁股坐在了江华家柔软的真皮沙发上。

晓杰，喝点什么？看我，光顾着上网了。咦，你怎么了？怎么流泪了？江华诧异的问询把马晓杰从虚幻中唤醒。

哦，刚才，被风迷了眼睛。马晓杰慌乱地抹了抹眼睛。

风？我们家没风啊？江华更迷糊了。

我回家了。再见。马晓杰抓起自己的书包逃也似的窜了出去。

嘟嘟嘟，电话响了，是父亲。

晓杰，你打我电话，有事？爸爸刚有事没听见，你好几天没打我电话了，我知道你心里不高兴，你听爸爸说……

爸爸，您别说了，您说得对，笔记本没什么大用处，我想通了。今天你不用急着赶回来给我做饭，我来做，让你尝尝你儿子的手艺。

儿子……

老爸，不许激动哦，儿子长大了，嘿！马晓杰挂了电话，飞快地往家跑去。

打开家门，马晓杰习惯性地走进自己的房间，却愣住了——书桌上赫然多了一样东西，一台 TCL 笔记本！上面还有一张父亲留下的纸条：晓杰，别怪爸爸小气，爸爸是不想让你养成奢侈的习惯。你一直那么争气，是爸爸的希望和荣耀，爸爸相信，你将来一定会用自己的才华赢得你想要的一切东西，这台笔记本就算爸爸为你加油吧！

马晓杰的泪再也忍不住，夺眶而出……

女人的战争

李娜烦躁地在屋里转着圈，起因是老公手机里的一条短消息。

今天，李娜休息在家，整理房间时发现老公手机忘家里了，正想给他送去，手机“叮”地响了，是短消息。出于好奇，李娜看了，这一看不打紧，李娜当时的反应就像踩到了一颗地雷，“腾”地爆炸了。

短消息的内容是这样的：想你了……

李娜和老公结婚七年了，老公平时对她挺好的，想不到……俗话说七年之痒，难道这句话也要在自己的身上应验？

是哪个骚狐狸？李娜恨得牙根直痒痒，恨不得把那个女人从手机里揪出来。李娜的脑子开始激烈地运转，从头至尾把老公所有可疑情节过滤了一遍，竟然没有发现任何蛛丝马迹，李娜颓然跌坐下来，是自己太蠢还是老公太精明？

床头挂着她和老公的结婚照上，照片上的老公情意绵绵地轻吻她的额头，她微微仰起脸，很陶醉很幸福的样子，其实那时候真的很幸福。可是……才几年啊！现在他正背着她偷偷地吻着别的女人。李娜的眼泪“呼”地出来了。

不能坐以待毙！得去找老公问个明白。李娜抹了把泪站起来，可是站起来又坐下了，这样做也许于事无补反而会打草惊蛇。李娜不想失去这段婚姻，也不愿意和别人分享自己的老公。

李娜就这样胡思乱想着，手机“叮”又响了，跳出一行字：你怎么不说话？李娜的心动了一下，一个方案跳了出来。

她拿起手机回了一条消息：我也想你，我想见你了。

对方：好啊，等下班吧。

李娜：我现在就要见你。

对方：你今天怎么了？

李娜：没有，就是特想你。

对方：那好吧。在哪见？

李娜：米兰咖啡。

对方：以前没有去过那里啊，还是老地方见吧。

老地方？老地方是什么地方？李娜的头“嗡”了一下，他们一定联系很久了，竟然有约会的老地方了，我还真笨啊，一点也没有发觉。那家伙还真可恶啊，做得滴水不漏，要不是今天被我无意发现，估计一辈子也不会知道，不，有可能知道，那就是那小三想转正的时候。李娜的身子开始发抖。

李娜：不。我想换个地方，就去米兰咖啡，你到了门口打我电话。

对方：好吧，又小孩子脾气，依你就是。

李娜：一小时后见。

对方：好。

鱼儿上钩了！李娜心里五味俱全但还是抑制不住兴奋。看我怎么收拾你，哼！

李娜开始梳妆打扮，看看自己模样似乎改变不是很大，白皙的肌肤，婀娜的身材，就是眼角有几条小细纹若隐若现。衣服换了一套又一套，怪了，平时感觉都挺好的。今天怎么都不顺眼了呢。不管了，随便换上一套，李娜拿上个小坤包就出了门，到了米兰门口给老公办公室挂了个电话。

老公，你出来一下。

怎么了？

我在你米兰咖啡呢，忘了带钱了。

你怎么老改不掉丢三落四的毛病呢？

你快来吧，不然咖啡店保安要对我不客气了。

好吧，你等着，我马上来。

李娜选了一个名叫“一见钟情”的雅间，雅间的大玻璃窗刚好对着外面。放下窗帘，透过缝隙，看门口一目了然，李娜用金属小勺轻轻搅

着着咖啡，心却像煮沸的开水。

李娜把手机调到震动，每一次震动，她的心就狂跳不已，可惜都不是那个号。看着每一个单身进来的女子，感觉都有可能是，可是手机始终没有那个号的反应，那么说明都不是。没多久，老公来了。

李娜赶紧拉老公坐下，下次不会了啦，老公，既然来了陪我喝一杯咖啡。

我忙着呢！

就半小时，你很久没有陪我喝咖啡了。

好吧。一杯咖啡，不要糖。

这时，手机震动了，李娜望出去，门口站着一个女子，她正在打电话。这个女人一袭粉色衣裙，衬出玲珑有致的身材，长发飘飘，气质优雅，果然是年轻貌美呀！

你看什么呢？

没有，瞎看。李娜赶紧拉上窗帘，我上个洗手间。

李娜掏出手机，果然是那个号，那么就是这个女人了。

她颤抖着手指发了个短信：一见钟情雅间。

发好短信，李娜立马回屋。

没一会，女人进来了。李娜故作惊讶地问：你找哪位？眼睛的余光掠过老公，发现老公神色掩不住慌张。

我约了朋友，他说在这里。女人看了一眼她，期期艾艾地说。

不会吧？你是不是记错了？这里只有我和我老公，没有约别人呀！

哦？看来我走错了。女人慌忙转身离去。

当晚，李娜把一只新手机交给老公，老公你那手机被我不小心泡水了，赔你个新的，还帮你换了个吉祥号。

你怕什么

下火车的时候，天已经黑了。

深秋的风冷冷地灌进她的脖子，她不由得打了个哆嗦，双手抱住了自己的肩膀。街上霓虹闪烁，她却泪眼迷蒙不知道该落脚何方。

就在昨天，她还兴冲冲地抱着一只深蓝色的玻璃花瓶回家，这只花瓶是她出差时发现的。花瓶晶莹剔透有着她喜欢的深蓝色柔美线条，她想在这只花瓶里插上娇艳的玫瑰，那将是如何的诗意啊！就像她和男友的爱情。

为了给男友一个惊喜，她没有通知他接站。

当她打开门的一刻，她的蓝色花瓶砰然落地，她不敢相信自己的眼睛，自己深爱的男人居然搂着另外一个女子。她转身仓皇而逃，漫无目的，她的心已经碎成了一地玻璃……

手指胡乱地滑动，一百多个电话号码，在眼前不停翻滚……突然她的目光停留在一个号码上，这位是她的一位文友。认识他缘于一次颁奖会，她获了诗歌大赛一等奖，他二等奖。后来两人在网上经常有联系，不过也仅限于文学上的交流。他曾经邀请过她去他的城市玩。她一笑而过没有当真。自己怎么就到了他所在的城市呢？

她犹豫着，还是拨通了电话。电话里似乎很吵，他说你等我 2 分钟，说着挂了电话。

她突然有点后悔了，自己对他毕竟不是很了解。

电话响了，是他。他说怎么想起给我打电话了？有事吗？她哑着喉咙说没事，你忙就忙你的吧。他说不对，你肯定有事，你的声音不对！她的泪水一下子被点燃了，伸拳堵住哽咽。

到底怎么了？你在哪？为什么有汽车的声音，你没在家吗？电话里他的问询透出慌乱。

我没家了。她再也忍不住，哭出了声。

你究竟在哪？你千万别干傻事。他几乎是吼了。

我就在你的城市。

告诉我你的具体位置，你别动我立马就过来。

当他出现在她面前的那一刻，她的心里刮起了温暖的风，这阵风裹挟着她毫无顾忌地扑到了他的怀里。等她哭够了，他拍了拍她的后背说，别怕，有我呢。先吃饭吧。

他点了好多菜，却笑眯眯看着她吃。她说你也吃啊。他说你给我打电话的时候我正在应酬一场酒会，早吃饱了。你多吃点，你看你瘦的。说着帮她夹菜，舀汤。她吃着饭菜，忍不住泪又出来了，她说你真好。他再次笑了，对你好应该的。

吃过饭，他带她去了一家高档宾馆。环顾设施豪华的宾馆，她突然紧张起来。

服务员小姐一边登记一边问，一人住还是两人住？他说一个人。

取了房钥匙，他说我送你去房间吧。她犹豫了一下，点了点头。他帮她开了房门，说你早点休息吧，我就不进去了，明天早上，过来陪你吃早饭。她暗暗舒了口气说好，谢谢你啊。在房门关闭的那一刻，她突然感到一丝幸运，一丝后怕。

第二天，他打来电话问她起床没有，说他在楼下餐厅。她试探着问，你不上来？他说不了，就在下面等你吧。

接下来的几天，他陪着她玩遍了小城的景区，还带她去了敬老院，福利院。那些老人和孩子都很喜欢他，孩子们叫他叔叔，老人们叫他孩子。他说他是那里的义工，他妻子也是。可是……他突然黯然了。她问怎么了？他说，三年前，妻子为了救一个在马路上玩耍的孩子，不幸去世了。她垂下了眼睑，说，对不起。他说，世上有太多的不幸。相对而言，我们是多么幸运啊，所以我尽自己的力量去关心他们，给他们帮助和温暖。她点了点头说，谢谢你，我该回去了。

上火车的时候，她说再见。说着做了个拥抱的姿势，他却避开了，伸出手和她握了下说，一路顺风，愿快乐永远伴随你。

回去后，她重新投入工作，开始了新的生活。经过生活的锤炼，她的诗歌更趋成熟，频频在大刊上发表，可是她总觉得少了点什么，心里空落落的，有时候竟然会失神，思来想去她还是给他打去了电话。

你觉得我这个人怎么样？

你是善良有才气的好女孩，你的诗作越来越棒，祝贺你！

你是不是不喜欢我？

怎么会。

那你为什么始终和我保持着距离？

可以不回答吗？

不能。

好吧，我告诉你，因为我很喜欢你，从第一次看见你就喜欢了，可是我知道你已经有了中意的爱侣，我只能默默地祝福你。

不成立，你喜欢我连抱我一下都不愿意？

不是不愿意而是不敢。

不敢？你怕什么呢？难道我还能吃了你？

不是……

那是什么？

我，我怕我会忍不住吃了你。

她被他逗笑了，她说，吃了就吃了呗，我愿意。其实那天如果你张开怀抱，我会决定留在你身边。难道你不希望我留下？

我当然希望，但是你正在伤心的时候，你的头脑不冷静，而且我看到了你眼里的慌乱，我不想让你后悔。

她愣住了，泪一点点滑落……

你怎么不说话？

她用手背抹了下脸，说，我可以过来和你一起当义工吗？

小米的底气

我把车子开到小米洗车店的时候，小米正身穿工作服，顶着一头乱蓬蓬的短发在麻利地清洗车辆。我刚把车停下，她把手里的毛巾扔给一边的伙计，热情地跑过来，你好，洗车？哎呀怎么是你啊！我笑着说是啊，被你的广告招来了。

小米来我的药店买过药。那天，她一跑进店里，像炒黄豆一样，噼里啪啦地说，赶紧的给我买点感冒药，我家那口子又感冒了。说着钱包已经打开。等我把药备齐，她已经算好了价钱并把钱递到了我手上。我笑着说，你算得真快。

嘿。她仰起脸，满脸的雀斑仿佛都在跳跃，算账小菜一碟，我们家的大小账目都是我算。哎，我忙死了，不和你说了。话音没落，人已经出了门，惊飞了一只在门口蹦跳觅食的麻雀。忽然，她又转身跑进来，掏出一张名片，我叫小米。开了一家洗车店，欢迎光临，我给你打八折。

哈哈，你买药还不忘打广告啊！我打趣她。

小米捂着嘴笑了，一双小眼睛眯成了缝。不说了，我忙死了，记得来啊！说完又飘走了。我看着她的背影不禁笑了，这个叫小米的女人还真是做生意的料。

我说你的魅力可真大，你看我真的来了。小米咯咯笑了，你来我这里，吃不了亏上不了当，一定把你的爱车洗得干干净净璨光闪亮！你先进屋坐会看会电视，一会就好。小卫，快过来。

被叫做小卫的一个小伙子赶紧跑过来，和小米一起忙乎起来。我说小米，你这个老板娘当的够辛苦，还自己亲力亲为啊。她说可不是，别人干活我不放心啊！我就是这干活的命，呵呵！

交往多了，我和小米竟然挺投缘。小米其实很年轻，才二十八岁，和老公一起开了这家洗车店，奇怪的是我去过多次一直没见到她老公。看得出来，小米是个肯干会挣钱的女人，可是她的形象有点差强人意，皮肤黑满脸雀斑再加上不讲究穿着，乍一看像个中年妇女。我就劝她，我说小米，女人要自己疼自己，你看你，一双手跟冻裂的胡萝卜似的，还有你的穿衣打扮，整个把自己整成了老太太。

我的大姐呀，你看我整天洗车，天天泡在洗剂里就算是金手也整生锈了。至于好衣服嘛，你看我哪有时间穿啊！哈哈哈。小米看着自己的手满不在乎笑得大大咧咧。

可是……容貌是一个女人的底气啊！我还是苦口婆心。

模样不能当饭吃，挣钱才是硬道理。现在这社会有钱才有底气！不和你说了，我忙死了，闲了再聊。

这个小米，本来我劝她，结果成了她劝我了。不过我真的打心眼里佩服她的勤快和乐观，于是我笑着说，你啊，真像一只停不下脚步的小麻雀！

哈哈，麻雀多好啊，我喜欢麻雀。小米一边走一边回身冲我摆了摆手，一眨眼，又蹦出了我的视线。

令我想不到的是，这次聊天后我竟然好一阵没看见小米，洗车店只有两个伙计在洗车。我问你们老板娘呢？伙计摇摇头。我感觉很奇怪，按照小米的性格不可能不在洗车店守着啊。

一个月后，小米终于露面了，但是她的形象把我吓了一跳，鸭舌帽遮住了半个脑袋，脸上还罩着一副大墨镜。我说小米你干吗呢？她摘掉大墨镜又把我吓了一跳，两眼睛肿得像两核桃，还带着淤紫。给我弄点消炎药，小米一脸忧伤，你说我这眼睛要多久能消肿？我说你眼睛怎么了？开双眼皮？她点点头，医生说一个月就好了，好了我就不是小眼睛了。我摸摸她的额头，没烧啊！小米，你不是不在意形象的吗？怎么想起来割双眼皮？小米幽幽地说，人有时候由不得你。赶紧给我拿药吧。我笑着说，你终于想通啦，我就说嘛，女人要自己疼自己。她点点头，是啊。得好好地疼！说完拿着药笑了，脸上又恢复了以往自信的神态。一个月后你就能看见让人眼前一亮的我了！

还没到一个月，小米的脸上又了有新变化。这回不光戴帽子大墨镜还戴上了大口罩。我说小米，你这是变魔术呢？小米说我点了雀斑，以后你见到的不是小麻雀而是白天鹅了，哈哈。我笑着说，瞧你美的，整容还整出瘾来了！小米，我一直纳闷呢，你这是怎么了？

怎么了，还不是因为我家那口子。

他嫌你不漂亮？

何止嫌，他说我是丑八怪。正和我闹离婚呢！

他怎么能这样呢！小米，那种只注重外表的男人，不要也罢。我在讶异之余不禁愤愤不平。

是，我已经决定了，和他离，但是我要他等两个月。他不是嫌我不漂亮吗？我要让他看看，我严小米也能变成大美女。

你这是何苦呢？离就离了，何必吃这么大的苦头。

底气！大姐，就算离婚我也要找回我的底气。说着小米摘下了墨镜。我发现小米的眼睛肿已经消退，眼睛真的变得大而明亮，但是从这双漂亮的大眼睛里我却没有找到她以往的神采。

花瓶中的玫瑰

她的目光无意中飘向桌上的玫瑰，玫瑰是戴维买来的，养了几天，花儿蔫头蔫脑的耷拉着脑袋，仿佛有着满腹心事。她叹了口气，百无聊赖地翻看着杂志，一则故事吸引了她——《孟小冬和梅兰芳的爱情》。

孟小冬和梅兰芳倾心相爱，却始终得不到真正的认可，最后不得不抱憾分手。她看着看着，泪水一滴滴滴落。

她原本是个心气很高的女孩子，是父母的掌上明珠，老师的骄傲。曾经，她信誓旦旦地对父母说，我会让你们为我自豪的。

两年前，她只身来到S城，没费多大劲就找着了工作，戴维就是她的上司。她聪慧美丽，凭着出色的才干很快脱颖而出，让戴维刮目相看。而戴维不但风度翩翩而且睿智果断。两个优秀的男女碰在一起要是不擦点火花出来那就是怪事了。可是戴维是有女朋友的，并且已经订婚。最重要的是，戴维未来老丈人是公司老总。

她的理智最终战胜了情感，毅然向戴维提出辞职。

辞职后，她离开S城。照理说这个故事也告一段落了。谁知道天意弄人，在另一个城市的一个产品研讨会上她和戴维再次相遇。久别重逢，说不出的感慨。两人都从对方的眼里看到了燃烧着的爱意。

事后，戴维为她买了一枚结婚钻戒，郑重地戴在她的无名指上。戴维说：其实在我心里你才是我的妻子。戴维目光温柔而多情，就像无数条柔软丝线捆住了她的心。戴维说：虽然我不能娶你，但我会一辈子爱你。她流着泪把头埋进戴维宽阔的怀抱。爱本来就是不可理喻的，谁让自己爱上他了呢。

戴维马上要结婚了，和他老总的女儿。戴维愧疚地说，这辈子我欠你，但是我会让你过上无忧无虑的日子。随着婚期临近，戴维越来越忙。

“寒潭渡鹤影，冷月葬花魂。”孤寂中，她的心越来越凄苦。

难道自己真的要这样过一辈子？做别人一辈子见不得光的情人？她目光迷茫地看着左手无名指上的钻戒。

电话响了，是父亲。

孩子你还好吗？怎么老不回家了？

爸，我很好。只是这阵子工作忙……很快，很快我就回家了。她的泪水再一次蔓延。

哦，你好好的我和你妈就放心了。

电话里父亲的声音明显苍老了。她的心突然莫名地疼了一下。爸，我，我明天就回家。

拿出纸，留了张纸条：戴维，我回去几天。站起身，她把衣物一件件装进行李箱。临出门不经意地转身看了一眼房间，房间一如既往充满了温馨，那束玫瑰却黯然而孤独地站在花瓶里，正可怜巴巴地看着她。她走过去把玫瑰从花瓶中拔出来，手一动，花瓣便一片片飘落了，转眼只剩下了光秃秃的花萼。她愣住了。

她把留下的纸条撕碎扔进垃圾桶，返过身在写字桌前坐定，重新拿出一张白纸，写下一行娟秀的文字：戴维，原谅我选择离开。我真的不想在花瓶里一天一天枯萎，哪怕花瓶再美。

她轻轻地脱下那枚沉甸甸泛着豪华光芒的戒指，压在那张纸上。

莫 莫

莫莫是我初中的同学，三年都是。

莫莫身材矮小，皮肤黝黑，标准的山里女孩。她长着一张娃娃脸，上面布满了小雀斑，眼睛有点小，嘴巴有点大，不过组合起来还过得去。不知道为什么莫莫不喜欢说话也不太喜欢和同学们一起玩。连看人的眼神也是游移躲闪的，大多数时间莫莫都低着头不敢看人。而我也是属于内向型的人，物以类聚吧，在我们同桌的时候，我们就成了好朋友。

莫莫的家在山脚下，真正的“开门见山”。于是我们提议上莫莫家玩，可是莫莫却嗫嚅着。我们就有点生气了，我们说莫莫，今天我们一定要上你家玩。莫莫脸色有点尴尬，我们不管，骑上自行车“呼啦哗啦”就去了。

果然没有让我们失望，莫莫那里山清水秀，我们像鸟儿一样在山峦里奔跑，叽叽喳喳兴奋不已。莫莫很开心，像换了个人似的领着我们到处跑。哪里有清泉，哪里有野花，莫莫了如指掌。莫莫说她经常一个人来山里砍柴，有时候还会看见死人骷髅，吓得我们毛骨悚然。我说莫莫你不怕吗？她笑了，当然不怕。

莫莫不怕死人可是怕她妈妈。

同学们玩累了到莫莫家小坐，莫莫的妈妈在房里做刺绣。我们想着莫莫妈妈一定会笑脸相迎，说不准还会开个大西瓜，或者留我们吃晚饭什么的。谁知道，莫莫妈妈看见我们一声不吭，“嘭”把房门关上了，我们碰了一鼻子灰，都感到很没趣，纷纷和莫莫告别。

我想着第二天一定问问莫莫，她妈妈怎么回事。

一直到上课铃响，莫莫也没有来。我有点担心莫莫了。

报告。莫莫站在教室门口。老师说进来。莫莫一瘸一拐地走进教室。眼睛红红的。我偷偷问怎么了？莫莫咬紧牙不说，在我再三追问下，莫莫哭了，她说她妈妈打的。我不由非常生气，怎么会有这样的妈妈啊！

莫莫低下头不停揉搓衣角。莫莫说不怪妈妈，是我的错。莫莫说她本来有个弟弟，在她5岁的时候，弟弟掉池塘里淹死了。那时候弟弟才2岁，莫莫带弟弟玩，莫莫贪玩没有看好弟弟。莫莫的妈妈看见弟弟的尸体后发出一声惨绝人寰的号叫就晕过去了。醒来后莫莫妈妈就疯了。后来病有所好转，可是恨上了莫莫，对她非打即骂。莫莫说弟弟肿胀的尸体和妈妈的号叫声一直会在她梦魇里出现。说到这里莫莫的眼睛里满是恐惧。

我拉着莫莫的手真诚地说，莫莫，以后你经常来我家吧，让我妈妈疼你。莫莫的眼圈就红了。

莫莫初中毕业就没有再读，而我去外面读高中，就少了联系。

再见莫莫时，莫莫谈了个对象刚好是我们村的。我搂着莫莫直蹦，我说莫莫我们又可以一起啦。不过那个男的的模样有点差强人意。莫莫腼腆地笑了，只要他疼我就好。莫莫太容易满足了，看着一脸幸福的莫莫，我的鼻子有点发酸。不过也挺为她高兴的，至少她很快就可以离开那个充满梦魇的家了。

有了天，莫莫突然找我，她一脸的慌乱。

她说我可能有了，怎么办？我妈妈会打死我的。莫莫的脸因为过度恐惧而扭曲，她抱着头瑟瑟发抖。我也没辙了，我说找你男朋友吧。她男朋友说愿意负责。我心里的石头总算落了地。

可是出事了。莫莫疯了。

我得到消息，心急火燎直奔莫莫家。莫莫在房里。我叫莫莫。她扑过来一把搂住我，我差点被她撞倒。她“咯咯”地笑，笑得瘆人，笑得我寒毛倒竖。我再叫她，她不应我，只是眼睛直勾勾地盯着我一个劲傻笑。

男方听见莫莫疯了，竟然提出退婚。当时我真想拿刀砍了那个没有良心的家伙。

几年后我又一次看见了莫莫，她和以前判若两人，很阳光，变漂亮了。她说她嫁人了，老公对她很好。我拥住莫莫说莫莫恭喜你，我知道你一定会幸福的。莫莫紧紧地抓住我的手，一定要请我去她家做客，我正好有事，我说下次吧。她给我留了电话号码。她说你一定要来呀。莫莫的脸像绽放的玫瑰。

莫莫终于找到了幸福，我由衷地替她高兴。我想还是不要打搅她的幸福生活为好，其实初中时因为我们的鲁莽害莫莫挨打，我一直都愧疚着。

莫莫，你还好吗？说不准有了可爱的baby了吧？

我拿起电话，终于还是没有摁下那个号。

回 家

灵岩山是风景名胜，又是佛教圣地，他选择这里是非常有眼光的。

他面前放着一只大号茶缸，茶缸脏得已经看不出原来的颜色，这个肮脏的大茶缸对他来说是个聚宝盆，他的一日三餐全在里面，那时不时叮叮当当的声响，对他来说也无异于天籁之音。

他眯细着眼睛匍匐在路边，右腿圈起，左腿搁在右腿上，却只有半截，半截裤腿里露出黑黝黝的断腿，圆溜溜的断腿截面处被涂上了红药水，看着触目惊心。一些胆小的，不敢看，直接把几个硬币扔在茶缸里，他点头道谢，杂乱的头发和胡子纠结在一起，白多黑少，一张脸看不出是哭是笑，悲戚中带着卑微的笑意，笑意里仿佛泪水会随时滚落。

今天是周末，再加上天气宜人，游人特别多，他面前的大茶缸很快就积了不少钱，他必须乘没人看见时拿掉一些，太多了，别人就不愿意再给，也不能拿完，一个没有，人们出于跟风心理，也会不愿意给。所以他茶缸里的硬币总是不太多也不太少。

只有他自己知道一天能挣多少，其实他对这样的乞讨生涯是相当满意的。

当当，茶缸里又多了两枚硬币，他职业性的道谢。面前站的是一位漂亮的女孩，女孩粉脸桃腮，秀丽可爱。女孩的眼睛里盛满怜悯，这眼神让他想到了女儿，女儿曾捧着一只受伤的麻雀，说爸爸它好可怜。18年了，他一直背井离乡过着乞讨生涯，而这全因了那场可怕的事故。

那天，他和往常一样去工地。他是负责开建筑电梯的，这份工作虽然枯燥却是让人羡慕的轻松活。他干了好多年了，可以说驾轻就熟了，甚至凭声音他都能辨别电梯到了第几层。可是这次他却听到了异样，一阵撕心裂肺的疼痛后便失去了知觉，等他醒过来，左腿被压烂了，人们都说幸亏他机灵，不然肯定没命了。

回家后，家人给他做了一辆四个轮子的木板车便于他活动。他却不愿意动一下，只是发傻发愣，没有了腿我还活着干啥？活着只会拖累家里。

在一个静悄悄的清晨，他拖着残腿，离开了家，他想安静地死去。他用手撑地，费劲地滑动那辆四个轮子的小木板车来到火车站。实在走不动了，就停下来休息。突然，当啷一声，面前多了一枚硬币，原来那人把他当成了乞丐。他感到非常羞辱，他说拿走，我不是乞丐。那人冲他匪夷所思地看了一眼咕哝一句，这人有病吧。他把钱扔出去，被一位乞丐飞快地捡走了，那位乞丐走到他身边蹲下来，一脸讥讽，你都这样了，还自命清高呢。我还告诉你，别瞧不起咱这份工作，咱挣的钱不比别人差。

一语惊醒梦中人，他也能挣钱啊。但是不能在家门口，不能给家里人丢脸。他坐上了火车去了一个陌生的城市。还别说，随着乞讨技艺的娴熟，他要到的钱越来越多，甚至比他在工地挣得还多，他把钱寄回家里并附言，我很好，别为我担心。却不留下地址，他不能让家里人知道他在乞讨。

一晃出来已经18年了，他记不清寄回了多少钱了，他知道他寄回去的钱可以让家里人过得更好，这样他就满足了。

正想着，天突然变了脸，雨在毫无症状的情况下倾盆而下，人们纷纷躲进了路边的小店。他赶紧收拾面前的搪瓷缸，正在他手忙脚乱之际，雨停了，一股淡淡的清香飘进他的鼻子，他抬起头，一张年轻的脸正微笑地看着他，就是刚才的女孩，她正为他打着伞。她说，老爷爷，你的衣服都淋湿了，快回去换衣服吧，不然会得病的。他点点头，两行泪爬过湿漉漉的脸庞。

于是出现了一个这样的镜头：风雨中，一个青春靓丽的女孩打着一把伞，伞下遮蔽的是一位在木板车上滑行的流浪残疾老人，为了更好地为老人遮雨，女孩弯着腰行走着，身上的衣服完全被雨淋湿了。

这个镜头很快被传上网站，引起了轰动，女孩被称为“苏州最美丽女孩”。记者找到了老人，问老人，老人家，你有什么要说的吗？

他对着记者的镜头，再次流泪了，他说，我也有一个这样善良的女儿，我想她了，要马上回家。

女人的噩梦

这阵子女人经常会做一个可怕的相同的梦，这梦让女人很不安。

女人抱着孩子坐在男人对面，出神地看着男人。

男人扒完最后一口饭，用舌尖飞快地把空碗舔了一圈。

外面，天色擦黑。一会男人还要去工地加班，每小时可以多挣2块钱，其实白天和黑夜对他来说没有什么区别——他工作在城市的地底下，在窨井道里烧电焊。

男人站起身对女人说，我要出工了。女人小声说，能不去吗？男人笑了下，不去干啥？乘这当口多挣点，年前咱们就回家。来，秀，俺抱一下。女人脸上飞起了红晕说俺抱着娃呢。

那就一起抱，抱着你们俺就不会感觉累了。男人坏坏地笑。

女人怀里的小婴儿，嘴里“咿咿呀呀”，小手一下一下抓着父亲杂乱的头发。男人抓住儿子的小手在嘴上拱，胡子茬刺激孩子娇嫩的手心，孩子“咯咯”地笑起来。男人红光满面，仿佛在老婆孩子那里真的获得了无穷能量。

娃，爹今晚不陪你喽，你乖乖地陪着你娘。

男人在儿子的小胖脸蛋上亲了一口，又在女人额头亲了一下，走了。男人一边走还一边哼着一支歌，是家乡的民谣。女人抱着孩子在门口傻傻地望，一直到那个略显孱弱的背影在眼中消失还是没有收回，心里蓦然空落落的没着没落起来。

女人回身进屋，桌上的碗里有一些蔬菜和一个荷包蛋。那个蛋是她煮给男人吃的，可是男人说啥也要留给她吃，男人说要把她养得白白胖胖的。男人还说今年下来就有钱起房子了，让她们娘儿俩住的舒舒服服的。女人笑了，其实住哪儿都一样，有男人的地方就是家。

女人安顿好孩子才坐下来安静地吃饭，把那个荷包蛋认认真真吃完。她从不违逆男人，她不愿意男人有一丝丝的不悦。本来想等男人回来再睡，可是男人不答应，男人说你犯傻呀不睡觉！等我干吗？我是小孩子吗？你不睡觉是故意让俺干活不安心！女人当然不能让男人干活不安心，虽然男人老说自己的活不累，可是女人不是傻子，光看男人假装轻松而分明透着疲惫的眼神，就知道这活不轻松。女人心疼男人，她觉得最好的方法就是睡觉，让男人安心。

女人躺下了却睡不着，她害怕那个梦。梦里她会听见男人凄惶地叫喊：秀，秀……她却找不到男人，四周黑漆漆的，她使劲答应却发不出一点声音，每次从梦里惊醒都是满头大汗。四周真的黑漆漆的，耳边响着男人熟悉的鼾声。可女人还是不放心，直到摸到了男人热乎乎的身子紧紧搂到怀里，她的心才挪回了窝，不过依然心有余悸。

女人不敢把梦告诉男人，老一辈人说不好的梦不能说出来，说出来会不吉利。她只好自己安慰自己。不会有事的，梦都是反的，怎么可能会有事呢？只不过是因为她太在乎男人罢了。于是心里盼望日子快点过去，好早点回家。

男人照常上工下工，一点事情也没有发生，只是加班多了，人有点消瘦，眼睛经常红红的。男人说没事，烧电焊烧的，等回家了养几天就好。这时候离过年还有一个月，也就是说离回家只有半个月了，因为男人说过提前半个月回家的。女人想象着回到老家的情形，想象着她抚摸家里每一件熟悉的物品，当然还有那张熟悉的床。想到床，女人又脸红了，自己骂自己一句没羞。

女人轻轻地吻一下孩子，孩子吧唧一下小嘴打着轻轻的酣。

女人还是睡着了，这一夜女人睡得很踏实，竟然没有做那个噩梦，相反倒做了一个美梦。女人梦见，男人牵着她的手在村子里一起看月亮，男人还吟起诗来："床前明月光，疑是地上霜。"月光照在男人清秀的脸上，女人觉着男人前世一定是一个书生。女人看着男人痴痴地笑，男人一把把女人揽进怀里……

"呜——呜——呜——"，女人被很刺耳的警笛声惊醒了，她习惯性的伸手摸摸身边，孩子睡得很安详，男人那边却是空的，她的心顿时一阵慌乱，胡乱穿上衣服就往工地跑。

工地上灯火通明，人声嘈杂，几辆警车顶上的警灯忽闪忽闪地转着圈，滚滚浓烟从下水道的窨井口汹涌地窜出来。

我又做梦了……我又做梦了……

女人的身体无力地向下滑，嘈杂的声音离她越来越远，这时候，夹杂着火星的浓烟淹没了凌晨的天空……

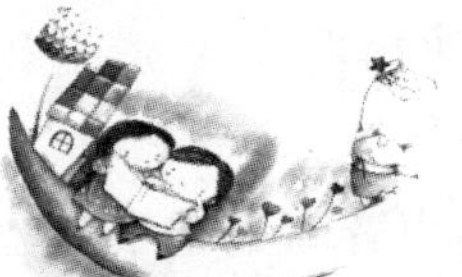

窗外的黑影

瑞利是我上班的第五天认识的，先前他那张办公桌一直空着。

这天我按例第一个到，毕竟是新人，勤快点，给大家留个好印象。乘办公室的同事还都没来，我主动把每张办公桌都抹了一遍，当抹到最里面那张的时候，吓了一跳。椅子上竟然躺着一个人。显然我把他吵醒了。他靠在椅子里半眯着眼睛，眼神却似笑非笑地看着我。我的脸微微发红，我说我叫蓝月，您就是瑞利吧？以后在工作上不懂的地方还请你多多指点。

之所以我知道他叫瑞利，是朱颐告诉我的，我的办公桌和朱颐的面对面。朱颐长得不漂亮，主要是胖，感觉浑身哪儿都是肉。不过她这个人性格活泼，随和，让人有一见面就好像熟悉了很久的样子。这不才几天，我们就成了几乎无话不谈的好姐妹。她私底下把办公室成员都给我介绍了个遍，当然包括这位我未曾谋面的瑞利。据朱颐说瑞利作风不好，凭着自己长得帅，经常夜不归宿。

这家伙长得确实挺有型，皮肤白净，国字脸，浓眉大眼，鼻梁很挺，下巴微微有点翘，配上嘴角上翘的嘴巴一看就有点玩世不恭。

哈。我说呢，公司里怎么请了个美女清洁工。他伸了伸胳膊打了个哈欠说我去洗漱。

这时候，同事们陆续都来了。

朱颐一看见我就拉住我，就像发现新大陆似的说：蓝月你今天穿的衣服好漂亮呀！你本来就身材好，这套衣服太符合你的气质了。哪像我啊，看见漂亮衣服光看不能穿。我说哪啊，胡乱穿的。说这话我心里甜丝丝的。这个朱颐真的是一张好嘴，你的心里哪儿甜，她就往哪儿挖。我碰碰她的胳膊，小声说瑞利回来了。

朱颐的眼睛立马飘向瑞利的办公桌，人呢？在洗漱间。哈，那家伙肯定昨晚又没回家。朱颐撇撇嘴说狗改不了吃屎。接着神秘兮兮地说：蓝月你要小心了。这家伙是猎艳高手，你别中了他的招。我说你以为我是弱智啊？朱颐笑着说我这不是好心提醒你嘛。我也笑着说，明白，谢谢啦。

其实接下来的日子我见到瑞利的时间并不多，他和我们工作不一样，经常出差。而我的工作越来越顺手，事情变得越来越多了。因为老总发现我文笔不错，经常会让我帮着整理材料写发言稿啥的，有时候来不及不得不加班。好在现在交通方便，路灯也亮得像白天一样，晚回一点根本无需担心。

朱颐说，老总那样看得起你，你就等着升职吧。我说哪有那么容易啊。我可没有野心，干好手里的事情就好了。朱颐挑挑眉，坏笑着说：有没有野心可由不得你。

因为赶一个材料我又一次留下来加班，正在埋头工作，突然间停电了，要知道我从小就怕黑。越是怕越是要四处看，我发现窗外似乎有个黑影一闪。我“啊”的一声惨叫，蜷在椅子里一动也不敢动，眼泪也不听话地流了下来。

蓝月蓝月你在吗？是瑞利的声音，接着一束光照进来。这时候我仿佛看见了救星，抖着声音说在。瑞利说你真在啊，我和朋友就在单位边上的餐馆喝酒，突然停电了，我想起你一个人在加班就赶紧进来了。别怕，我带你出去。说着伸出手，不由分说把我拉了起来。可能是先前太过害怕了，我重心不稳竟然扑在了他的怀里。他顺势拍了拍我的背说，没事了没事了。

正想走，电来了。我立马撒开瑞利的手说没事了，你先回吧。我的稿子还没有弄好。他说别弄了吧。我说不行，老总明天要的。他说那我陪你吧。要是一会再停电怎么办？我心有余悸地说应该不会吧。他皱了皱鼻子说这可没准，接着做出超恐怖的表情说，我告诉你啊，咱们单位以前……别说了！我捂住耳朵，闭上了眼睛。他却哈哈地笑开了，胆小鬼我骗你的，不过没准还会停电。你赶紧的吧。明天啊，你要我陪我也没时间呢，出差半月。

我点点头又开始工作。瑞利一直在边上陪我，期间他接了几个电话，应该是他老婆。他说：和朋友喝酒还没完，你先睡，我一会就回家。我说你干吗说谎？他眨眨眼睛说，我出来时确实和朋友喝酒了啊！女人嘛越解释越麻烦。

等我弄完已经差不多12点了。瑞利说肚子饿了吧？被他一提醒肚子还真的咕咕叫了起来，但是我想起他老婆在家等他就说不饿，你赶紧回吧。他说我都听见你肚子叫了还说不饿？我的脸顿时红了。

第二天当我把材料交给领导的时候，领导露出了赞许的笑容。还对我说蓝月好样的，我没有看错你。我有意提拔你当我的助理，估计在下个月。这个消息你先别对别人说。

我简直乐晕了。回到办公室就像腾云驾雾一般。朱颐看着我说有好事了吧？我抿着嘴说没啊。她说别保密了，看你的表情就知道。我说真的没。她说领导要重用你了？这家伙真的是贼眼。我看了看周围点点头，然后竖起一个手指做了个“嘘”的表情。

她心有灵犀地点点头。

突然，有一个女人闯了进来。大着嗓门问：谁是蓝月。我赶紧站起来说您找我？谁知道那个女人冲过来就给了我一个耳光。同事们纷纷围了过来，有的拉她，有的说有话好好说。女人一手叉腰一手指着我说：这个骚狐狸勾引我老公！

这是哪跟哪啊？我的脸红到了脚后跟，您误会了吧？

我误会？昨晚你和我老公在办公室又搂又抱，还一起宵夜了对吧？别以为我不知道！说着伸手又要扭我。我求救般看向朱颐。朱颐走过来说，别闹了！要怪就怪你们家瑞利自己不争气。女人一把鼻涕擤我脸上，跳着脚说：男人哪个不是偷腥的猫？贱女人自动送上门会有不要的？

真的是从天堂到地狱，我百口莫辩，流着泪跑了出去。

出了这件事后，同事们都用怪怪的眼神看我，背后点点戳戳，连朱颐也对我爱理不理了。仿佛我真的是一个不正经女人一样。

天啊，怎么会这样？羞愤交加的我，整天神思恍惚。

一周后我向老总递上了辞职申请。老总摇摇头眼里透着惋惜。要不你再考虑下？我说不用了，我想换一个环境。

走出单位，我有点晕眩。电话响了，是瑞利。我摁掉了。滴，发来条短信：蓝月，朱颐和我老婆是死党。我的脑子像过电一样麻了一下，突然想起来那天晚上窗子上的黑影真的像极了朱颐。

雷大爷的心事

雷大爷悠悠醒转，雷大爷醒来后的第一句话雷到了在场的所有人。

雷大爷抓住儿子雷晓鹏的手说：儿啊，爹从来没有求过你，爹求你一件事，我死后，千万不要把我和你妈葬一块儿。一旁的雷大妈晃了晃身子差点晕倒。

雷大爷和雷大妈夫妻做了50年，从来没见吵架拌嘴，虽然雷大妈脾气有点急躁，快人快语，但是对雷大爷非常好，自从上次雷大爷心脏病发作以后，更是寸步不离，随侍左右。

当年正值青春妙龄的雷大妈由父母做主嫁给了比她大足足12岁的雷大爷。雷大妈的父母做出这个决定是有理由的，雷大爷虽然貌不惊人，却是那时罕见的大学生，拿国家饭碗的公务员，也就是别人说的铁饭碗，雷大妈跟着他一辈子生活都有保障了。更重要的是，雷大爷脾气好，对谁都谦和，不愧是知识分子，知书达理。近朱者赤近墨者黑，自己女儿从小脾气急躁，就该有个有文化的调教调教。

婚后，雷大爷果然处处让着雷大妈。雷大妈说东，雷大爷不说西。雷大妈嗓门一大，雷大爷就不和她理论了，拿本书自顾看去。雷大妈能干，大桩小件都处理得井井有条，雷大爷也就懒得去管了，落得清闲，当然雷大爷的工资全都交给雷大妈保管。雷大妈逢人就说，我们家那口子是被我惯坏了，什么事都不上心，我前世不知道是不是欠着他了。嘴巴抱怨，脸上却掩饰不了自豪。

最让雷大妈自豪的是儿子雷晓鹏。晓鹏名牌大学毕业，在外国人办的公司当金领，经常国外国内的飞，回国总会带着稀罕东西回来孝敬二老，就算没空回来，一天一电话，雷打不动。村里人都翘着拇指夸，雷大妈总会说，那小子是真争气，打小学习从来不用我不操心，幸亏不像咱家的那位。就有人会打趣，怎么不像了，你家那位不就是大学生嘛！雷大妈撇撇嘴说，大学生没错，书呆子一个。我儿子一点也没有他的呆气。那是。那是。村里人笑呵呵走了，雷大妈也乐呵呵回家。

雷大爷确实有点呆气，不爱出去走动，整天闷在家里看书，特别是退休以后更是书不离手。其实雷大爷也喜欢和人聊天，但聊着聊着雷大妈就拿眼瞪他，说他说话不合群，小百姓就应该聊家长里短，谁聊四大名著，显得你能耐不是？就你认识字啊！雷大爷就闭了嘴。除了看书雷大爷还喜欢喝两口小酒，但是年轻时就戒了。雷大妈说雷大爷心脏不好，喝酒伤身子。雷大爷说书上说少喝点舒筋活血对身体有好处。雷大妈说书书书，书上说啥你都信，我还能害了你？我说喝酒不好肯定不好，你再说，烟也不许抽了。雷大爷就不吭声了。雷大妈说瞧你那熊样，好像我虐待你似的，我还不是为你身体好啊，你怎么就不理解人呢？雷大爷赶紧说理解理解。雷大妈说理解就好，你的身体全是我在照顾呢，你必须听我的，烟不能抽多了，一天只能抽三支。

就这样雷大爷还是突发了心脏病，幸亏雷大妈及时送医院，果断签字做了心脏搭桥手术，才没有出大事。但是这次以后雷大爷的三支烟也被取缔了。

生活在雷大妈的操持下四平八稳波澜不惊，就像窗外的老槐树，叶子黄了又绿，绿了又黄。雷大爷经常会站在窗口默默地看，若有所思。老槐树也默默看着雷大爷，发出沙沙沙的声响。

这天，雷大妈像往常一样买菜回来，一回就老头子老头子的叫。虽说多数时间雷大爷不会接茬，但是习惯了，雷大妈一边叫一边放下菜篮子去书房，竟然发现雷大爷再一次晕倒在地，可把雷大妈吓坏了，赶紧打电话给儿子并为雷大爷做心脏按压——因为雷大爷心脏不好，雷大妈特意照电视上学了应急抢救，这回还真派上用场了。没多久，儿子开车回来了，儿子才回来，雷大爷就醒了。醒了就吐出了那句让雷大妈肝肠寸断的话。

雷大妈一边抹泪一边问，你这个没良心的，我伺候了你这么多年，难道伺候错了？你就这样恨我？

雷大爷哆嗦着嘴皮子，淌下了两行泪，你对我好没错，可是你知道吗？我一点自主权和自由都没有，我就这样窝窝囊囊做了一辈子你的囚犯啊！这辈子我认了，下辈子我想做回我自己。

说完这些话，雷大爷如释重负地闭上了眼睛。

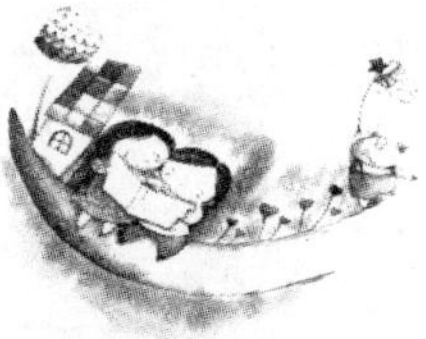

梦魇

每个黑夜他都会被梦魇缠绕。

有时梦见自己置身熊熊大火中，他听见皮肤“噼啪”作响，散发出浓郁的香气……有时梦见自己掉入湖中，被千万条食人鱼分解，他看见自己的皮肤，血肉一点一点从骨架剥离，悄无声息，速度快得离奇。更奇怪的是梦里的他并没有恐惧，相反有着非常幸福的感觉，但是梦会突然中断，梦中醒来的他大汗淋漓。

他对着镜子“呼呼”喘气，他看见自己脸白如雪，他看见一张张年轻的，衰老的，漂亮的，丑陋的脸在镜中晃动，他们有男有女，他们时而悲伤，时而愤怒，时而嬉笑，时而惊恐，时而哭泣，时而怪叫……他逃到床上，那些脸再次在天花板出现，他闭上眼睛……没有用，他依然能够清晰地看见他们，他们如影随形无处不在。

他是一家知名企业的老总，他拥有别人只能羡慕无法拥有的金钱，地位，权利。他光芒四射，春风得意。可怕的是，每到深夜，他便陷入梦境，梦境中，他竟然对死亡有着无比的渴望，那奇异的烧焦的香味，那一点点被噬咬的快感……醒来却又惊悸不已。其实他是惧怕黑夜的，然，黑总是如约而来，于是他不得不再次承受黑暗，掉入一生中最黑暗的记忆。

是六月。因为下了好几天雨，尽管阳光灿烂，空气依然湿漉漉的，其间飘满了槐花的香味，田间禾苗的清香，香味中夹杂着猪粪和泥土的味道。

胥江河蜿蜒东去，此时的河面像一个丰盈的村姑，素洁不失妖娆，沉静中暗藏汹涌。

采石场就在河的南边，山上的石头源源不断地开采下来，装进船里运往各地。人们忙碌着，闪着汗水，闪着希望，那些石头将变成钱，支撑人们的生活。

采石场的工人是南村和北村的农民。要到采石场的河埠口就必须经过一座拱桥，这座桥年代久远，连接南北两个村庄，是南村通往外面的交通要道，也是北村人去采石场上班的必经之路。

时近中午，午饭铃声响起，人们熙熙攘攘走出来，突然大喇叭响起来：同志们停一下，场长有事和你们说。

人们疑惑地停下脚步，什么事？

年轻的场长大步流星走了出来，同志们，因为河水上涨，货运公司的货船无法通过桥洞……

大伙嚷嚷说，船过不去我们有什么办法，我们赶着回去吃饭，一会儿还要下田插秧呢。

场长手一挥压住纷乱的场面。就一会的事情，非但不会耽误你们吃饭，还算上一小时人工。

哦？怎么做？大伙儿来了兴趣。

场长微笑着说，大家听我的，去船上。站两边的船舷上，以人的身重压低船身，船就可以安然通过桥洞了。

领导就是领导，高。省时省力。

人们纷纷往船上涌去，拉一小时石头出力流汗累个半死，船上一站，就得一小时人工，那么容易的人工谁不想挣谁是傻瓜。

船舷上人越来越多，船身越来越低。

够了够了，船上待不下了。船上的人冲岸上的人喊。

够个鬼啊，尽你们挣了不让我们挣？待不下你娘的不能往船舱去啊。船舱不是空着吗？上岸上的不断地往船上挤。船舱里人越来越多，船舷上人不见少。

一时间船上热闹非凡，嬉笑的，说黄段子的，乘机揩油的，作秀还击的，往河里扔石子玩的……人们笑着，嚷着，激得河水“哗哗”的响。

突然，笑声变成了惊恐的呼喊，在人们还没有回过神的当儿，船在顷刻间侧翻，沉入河底，水面上到处都是扑腾的人，哭喊声，呼救声乱成了一片。

这场灾难，数百人遇险，数十人失去生命。场长和相关人员锒铛入狱。

他就是那位场长。他入狱十五年，十五年的时间可以医好无数伤痛，但他不敢确定是否可以磨灭仇恨，他甚至感谢法律，如果他不入狱，也许会被愤怒的人们剁成肉酱。当他惴惴不安走进阳光的时候，只有家人在迎接他。

出狱以后，他重整旗鼓，生意场上一帆风顺。他出钱建工厂，建小学，造桥，铺路。他成为小镇上最成功最慷慨的商人，他是明星人物，他是大众的恩人。人们似乎已经彻底忘却了那段伤痛，而他的罪恶感也慢慢被荣誉感替代。他依恋这样的生活。可是在夜里，梦依然缠绕。他对那些脸说，为什么？难道你们没有看见吗？你们的家人现在很幸福，难道我所做的一切还不能救赎我当年的错误吗？那些脸不回答，依然在镜中，在天花板，在他的眼前晃动，他们时而悲伤，时而愤怒，时而嬉笑，时而惊恐，时而哭泣，时而怪叫……

声音由近而远，由远而近，越来越清晰，震痛他的耳膜。他翻身起床，声音来自他的工厂，工厂浓烟滚滚，火光映红天边，浓烟里人影憧憧，呼救声哭喊声乱作一团。他一边跑，一边喊，赶紧撤离！

大火于凌晨四点半扑灭，厂房全部被毁，幸好工人无一人受伤，但是唯独少了他。人们清理现场时找到了他的尸体，准确地说是他的枯骨。人们流泪了，多好的人啊！如果没有他及时指挥我们撤离，后果不敢想象……

追悼会隆重召开，他的遗像英姿勃发，笑容坦然。人们整理遗物时找到了他的日记本：感谢上天让我用余生偿还我所犯下的错。

支书借钱

牛家村是个穷山村，主要是交通不便，不好开发。可村里的娃子聪明着呢，这不，又有两个孩子考上了大学。按说这是件大喜事，可是村支书根叔却是愁眉不展。为啥？俩孩子一个叫菊花，一个叫石头。菊花爸爸死得早，撇下孤儿寡母，全靠菊花妈省吃俭用还有好心邻居帮忙，才勉强过日子。石头呢，家里也不咋的，虽说父母双全，可是妈妈身体不好，常年生病，家里一贫如洗。这样的家庭哪交得起孩子的学费！怎么办？不读，孩子就耽误了，读吧，钱哪里来？

根叔左思右想，一拍脑门，有了，牛大宝！他可是有钱的主，那小子脑子灵光，前几年去城里倒腾，也不知道咋的就发了，现在是小有名气的企业家了。可那小子不地道，根叔找过他，想让他给村里投点钱，帮着致富。他却苦着脸说自己是空架子，表面好看，内里空，心有余而力不足。明摆着是不愿意掏钱，没钱，能买别墅？没钱，能开宝马？良心给钱吃了，根叔在心里恨恨地骂着。跟他借，悬！可是除了他，还有谁呀？死马当他活马医，试试看吧！

第二天，根叔来到牛大宝公司，看门的不让进。根叔说我是你家牛总老乡，看门的说老乡也不行，牛总忙着呢。狗眼看人低，没办法，只有守株待兔了。一直等到天快擦黑的时候，才看见宝马车缓缓驶出，根叔拿出拦御告状的架势，挡住了车子。牛大宝徐徐降下车窗，车里还坐着个美艳的女子。

牛大宝说，哟！这不是根叔吗，啥事？

有喜事，咱村菊花和石头考上大学了，可是学费……

哦，这事呀，我爱莫能助了，这不我还赶着一个应酬，有时间再说。

牛大宝一脚油门开走了，根叔追着车子吃了一嘴灰。

根叔垂头丧气的刚想回家，一想，他说去应酬，一定是上饭店了，找找吧。大街上溜了一圈嘿！还真被他找着了。金华酒店门口那辆宝马车不就是牛大宝的吗！根叔来精神了，跑到吧台，吧台小姐正在捣鼓电脑。

根叔赔着笑脸问，小姐，请问牛大宝牛总在这吗，我是他亲戚，找他有事。

哦，牛总在308旁间，要打电话吗？

不用了。

根叔开开心心走了。

牛大宝春风得意地搂着那个美艳女子出来时，车前靠着一个人，谁？村支书根叔，他正笑嘻嘻地瞅着牛大宝，手里拿着一个大信封。牛大宝一看不妙，把女人打发了，走到车前说，根叔您这是？呵呵！等你一宿了，走，上你家，有点东西给弟妹，好东西呀！根叔一脸坏笑。

牛大宝虽牛，却是出名的怕老婆。没钱的时候怕，现在有钱了看见老婆还是有点发怵，习惯成自然吧。心想这家伙也学会使坏了，我的那些花花草草事被老婆知道了还不扒了我的皮！多一事不如少一事，赶忙把根叔拉上车。

根叔您这是和我唱哪出呢？

根叔说没唱哪出，俩孩子读书急等钱，你不肯就只能跟弟妹借了。

谁说不肯了，这不我也紧张嘛！不过既然你根叔开口再难我也得帮呀，说吧，要多少？

不多，3万块够了，我给你打借条。

瞧你说的，打啥借条呀！

牛大宝小包一拉，取出三打百元大钞。根叔接过钱揣好，把早就写好的借条递给牛大宝。说声谢了，留下大信封下车走了。

牛大宝望着根叔的背影恨得牙根痒痒，心叫一个疼呀！赶紧拆开大信封，气得直翻白眼，脸色白一阵红一阵。你猜里面是啥？里三层外三层的旧报纸包着一包土和一张纸，上面写着：树离不了根，人不可忘本。

过敏反应

裂缝是早上发现的。就在靠近大门的那个柜台正面，从左上角一直裂到了右下角。

玻璃不会无缘无故就裂了，一定有原因。大家闲扯议论。

谁干的？顾客？似乎不大可能，就算顾客的膝盖碰到也不至于会让玻璃破裂。

自己人不当心碰的？也不会吧，自己人都在柜台里边，不会碰到外面的玻璃。

我看最有可能的是李娜！她经常会把电瓶车推进来充电，说不准就是电瓶车撞的。而且昨晚就是她值班。小乙一边啃着油条一边侦探般地推断。

大家一致点头。

李娜向来做事毛手毛脚的，曾经打碎过单位的玻璃，弄坏过两把锁，烧坏过一个电水壶。可恨的是她犯了错能赖就赖，能推就推，谁一不小心就当了她的替死鬼。这样一个人可以说人见人嫌，可是在老板面前，她比谁都乖巧，干活比谁都卖力，老板一走，打瞌睡，讲电话，上厕所……最让人叹服的是，她能在第一时间获悉“老板将至”的信息，所以从来不会露馅。老板把她当宝似的，每月的奖金都比我们高。

小乙是看不惯李娜的，特别是李娜在老板面前撒娇卖乖的样子。小乙也看不惯李娜的穿戴，说李娜的打扮是名牌穿出了俗气效果。就连李娜身上的香水味，小乙也会夸张地打喷嚏，擦鼻涕。李娜疑惑地问过小乙，我这可是名牌香水，梦巴黎。小乙揉揉鼻子，我香水过敏——阿嚏!!

这是一个绝好的机会，让老板看看她的庐山真面目。小乙皱着鼻子把半根油条生生咬断。

还是别惹事了，不就一块柜台玻璃嘛，就算赔也没几个钱。瘦小的小甲被李娜算计过，“一着被蛇咬，十年怕井绳。”

瞧你那没出息的样！凭什么咱们赔啊？你替她背黑锅还没背够？小乙乜了小甲一眼，小甲低下了头。

烫着蓬蓬头的小丙说，要不等她来了问问她，试试她什么反应。

你有没有脑子啊！不试也知道，她不会承认的，还弄个打草惊蛇。小乙撇了撇嘴。那，我们该怎么办呢？小甲眼里已经汪出了泪。

怎么办？我们必须口径一致，揭露她小人得志的虚伪嘴脸。小乙把右手攥成一个拳头，一副英勇就义的样子。大家的脸都严肃起来，你看我，我看你，眼神交流了几个回合，然后都点了点头。

老板的车子停在了门口。小乙再次扬了扬拳头，都不能退缩啊。我们也扬了扬拳头。

老板——我们都不约而同噤了声。为啥？后面李娜跟着进来了。

哟，你们早啊，怎么了，今天列队欢迎啊。嘻嘻。李娜一甩头发张扬地扭着大屁股挤过我们，空气里顿时充斥了一股子香水味，小乙响亮地打了个喷嚏。

怎么回事？老板看着那道裂缝，眉头拧起了疙瘩。

昨晚大家下班时，玻璃是好的。早上我们差不多同一时间来的，这裂缝已经有了。

昨晚我值班，你们该不是在怀疑我吧？李娜又挤了过来，眼睛横过我们，脸上似笑非笑。

到底怎么回事？有没有胆量站到我面前说。老板扫视着我们。

小甲低着头不敢吭声人也差点软下去了。

唉，胆小鬼小甲，指望她就完了。

大家把目光转向小乙。李娜也顺着我们的目光看过去，那眼光充满了火药味，简直一触即发。

小乙没有被吓住，她上前一步，再上前一步站到老板身边……好样的！我们在心里替小乙助威。

我们不能怀疑自己的同事！本人以为，一定是身高力强的某位顾客不当心磕的。小乙伸手挽住李娜的胳膊，眼睛弯成了细月牙。

叛徒！我们在心里骂。

现在的顾客素质就是差。小丙晃动着她的蓬蓬头脑袋，让我想起了颠颠地跟在老板夫人身后的长毛京巴。

胡扯！顾客再不小心，也不能磕坏了玻璃。

老板威严的声音炸断了我们的话头，他蹲下身子细细地查看裂缝。我们大气不敢出心里七上八下观察着老板的表情，而李娜却无声地笑了下，一仰脖子喝下半杯水。

老板站起身，拍了拍手，这条裂缝有可能是老伤引起的自然开裂。你们都干吗呢？不用干活了？该干嘛干嘛去。

我们像获得大赦令的囚犯，赶紧离开。

老板叫住了我，小丁，你去找人把玻璃换下。我闻到老板身上隐隐也有一股香水味，那味道似曾相识……不知怎的，我竟然和小乙一样，情不自禁地打了个响亮的喷嚏。

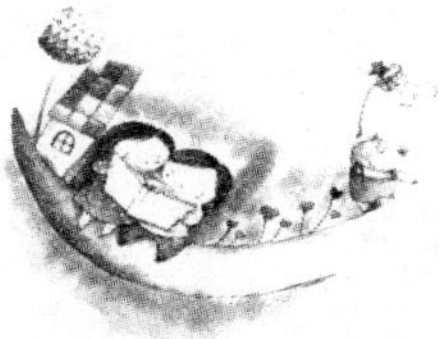

妞妞的梦想

妞妞有一个梦想，就是去大城市找妈妈。

妞妞今年五岁了，却从来没有看见过妈妈。妞妞打着手势问姐姐，姐姐趴在小桌子写作业，头也没抬。妞妞又问爸爸，爸爸正在忙手里的事情，爸爸说妈妈在很远的大城市里打工。等你们长大了，去了大城市就能见着妈妈了。妞妞比画说那我快点长大。爸爸笑了，指指姐姐说，要到大城市里一定要先学会读书写字。妞妞的大眼睛眨呀眨，记住了爸爸的话。

妞妞跟爸爸还有姐姐住在小城镇的一个简易窝棚里。

妞妞爸爸的工作是废品回收，妞妞一直对人家这样说。因为妞妞的爸爸就是这样和妞妞说的。妞妞感觉爸爸的工作很伟大。爸爸骑着三轮车很威风。妞妞喜欢坐在爸爸的三轮车里看爸爸工作。

爸爸不光收废品还捡废品。城镇角落的每一个垃圾桶都是他们的乐园，里面不仅有可以变钱的废铜、烂铁、铝丝、塑料、废报纸、旧书籍、硬纸板，运气好起来还能捡到一些缺胳膊断腿的玩具。妞妞就曾经捡到过一个没有胳膊的芭比娃娃，一直被妞妞细心呵护着。妞妞感觉小芭比就是她的小妹妹。

妞妞把小芭比抱在怀里，爸爸，妞妞也有妹妹了。爸爸笑着说是啊，她就是妞妞的小妹妹。妞妞也有一双大眼睛，妞妞也有白皙的皮肤，妞妞的小嘴也是红嘟嘟的，妞妞的头发和小芭比一样乱糟糟。

最开心的是妞妞还捡到了一个旧书包，只是旧了点，一点也没有破。

妞妞一直盼着能快点长大，长大了就能和姐姐一样背着书包去学校读书了。妞妞决定去看看姐姐在学校读书的样子，妞妞做梦也想坐在那个教室里。

这天，妞妞拍拍自己，做了个蹲的姿势。爸爸拍拍她的小脸说，咱们妞妞长大了，会看家了。

爸爸走了，姐姐上学了，妞妞一个人去了姐姐的学校。妞妞认识姐姐的学校，爸爸带妞妞去过。姐姐的学校很漂亮，有整齐的白房子，绿茵茵的操场，外面是绿色的大栅栏。

妞妞扒着大栅栏往里面看，白房子的窗玻璃很亮，能隐隐约约看见里面的学生和来回走动的老师。里面一定有朗朗的读书声传出来，妞妞想那一定好听极了。她想象自己读书的样子，不禁开心地笑了。

妞妞不敢久留，因为姐姐似乎不太愿意妞妞和爸爸去她的学校。姐姐要是看见她一个人去，不知道会怎么生气呢！妞妞是个乖孩子，当然不想让姐姐生气，只好恋恋不舍地回家了。

学校的墙角边蹲着一个垃圾桶，妞妞的眼睛就亮了，可是妞妞个子小够不到，她急得差点哭了。不过一会儿她又笑了，因为她看见墙角边有几块散落的断砖，妞妞把那些断砖搬过来垫在脚下。哈！里面有很多花花绿绿的纸头，妞妞踮起小脚就能把纸一张一张拿出来。妞妞真的那样做了，但是脚下一滑，妞妞栽进了垃圾桶……

爸爸找到她的时候，她在垃圾桶里睡着了。是倒垃圾的同学发现了，然后报告了老师。爸爸一个劲向老师道歉，这孩子 4 岁的时候发烧烧坏了声带，给你们添麻烦了。

妞妞搂住爸爸，开心地比画：爸爸，妞妞做了一个梦，梦见自己会写字了，见到了妈妈！爸爸笑着说好，好妞妞！

爸爸转过脸，偷偷抹去滚落眼角一滴泪。

我找满震

蓝月

找满震是一刹那间的念头。

满震可以算是我的朋友。我和他相识于一个作家笔会，他是作为参会领导赴会的。他给我的感觉挺沉稳，浓眉大眼，挺直的鼻梁上，一副近视眼镜平添了几分儒雅之气。但这不能算可以被关注的理由，文化圈里的人哪个没有儒雅之气？当会议主持者介绍他叫满震时，我觉得这个名字不一般，不禁多看了几眼，他很友善，递给我一张名片。我报以友好的笑容并伸手一握表示感谢。他说他很喜欢我的小说，以后再来别忘了找他。

不多久，我真的又去了那座城市，办完事情就想起了他，心想既然到了，不和他打个招呼似乎有点不礼貌，何况他单位就在附近。

嗬，满震的单位还真气派！大门口四位衣着工整的保安傲然站立，我脑子里立马幻化出寺庙里的四大天王形象，并且越看越觉得像，不禁扑哧乐了。我乐保安不乐，其中一个伸手拦住了我，你好，请出示证件。保安形态威严，吐出的话很专业不带一丝情感。

身份证行吗？可以。我赶紧翻出我的身份证，他认认真真把我和我的身份证校对了三遍，弄得我心里有点七上八下，生怕相片不像我了，或者我不像相片了。还好他没有表示异议把身份证还给了我，但是接着又提出了一个问题，预约了吗？我摇摇头老老实实说没有。保安冲我挥了挥手，对不起，没有预约不能入内。

唉，真应了那句老话——衙门深似海，看来想见满震还不是件容易事呢！要不给他打个电话？想想还是算了，要是人家认不得我了岂不糗大了。但是就这样灰溜溜走人也太伤自尊了吧。我试着说，我找满震。你找满局长？保安的态度似乎有了转变，僵硬的脸部也变得柔和了不少。我一看有戏，赶紧装作很大牌的样子点点头，对啊，我找满震满局长，我是他朋友。哦，那你请进吧。保安的脸不仅柔和了还有了微微的笑意，伸手一指，满局长在三楼708室。

我再次点点头，一脸得意地走了进去。

满震看见我非常高兴，特意为我泡了上好的龙井茶。我坐在宽阔柔软的真皮沙发里，呷着茶把刚才的事情绘声绘色地描述了一番，并伸出了大拇指。满震呵呵笑着，没什么，保安就是瞎认真。不过从他红光满面的笑容里我能看出嗤嗤往外冒的得意。他说走，喝酒去。我说酒就不喝了，就近随便吃点，一会我还得赶回去。他说也好，他下午也还有个会。于是我们信步走了出去。

吃过饭，看看时间还早，满震约我上他办公室坐坐，说难得碰头，多聊会。

门口四大天王，不，四大保安依然尽忠职守守在那里，你好，请出示证件。我立马将身份证递过去，又校对了三遍，这回我不慌了，笑眯眯等着他。那位呢？我一愣，他的就不用看了吧？不行，必须看。这是程序！我回头望望满震，满震一脸尴尬，探手进怀。我突然冒出一个自己都觉得好笑的念头。我说，我们找满震，要不，我立马给他打个电话？保安一下敛了刚才的气势，你们找满局长？我故意扬了扬眉说是啊，我们是他最好的朋友。我看我还是打个电话给他吧！哦，不必了，你们请进吧。保安谦恭地退到一边。

回到满震宽敞的办公室我憋不住哈哈大笑起来，满震却赤着一张脸怎么也笑不出来，嘟囔一句：以前我进出门都是坐车的。

哑巴佬

藏书街依河而建，小河北边是居民住房，南边是田地，种着四季作物。

房屋的门脸儿一律向南，也就是说面朝小河，小河的河堤上隔一段距离就有一个河滩头，女人们会在那浆衣洗米扯着大嗓门聊天。

街虽小，却是小镇的中心。铺子就夹杂在这些民房中间，很好辨认，都是一溜的拼木门板。张家茶馆，苏家杂货铺，李家轧面铺，曹家钟表修理铺还有一家肉铺。早上的时候还会出现一家卖鱼的和几位卖蔬菜的农妇。卖鱼的是临时摊点，直接把鱼从船里拿上来，卖完走人。

大清早过去，小街就冷清了，人们各忙各的生计，除了有几个无所事事的会在张家茶馆喝茶闲聊。

曹家钟表修理铺更是寂静无声。为什么呢？因为铺子老板是个哑巴，生下来就是。哑巴当然是有名字的，但是街上的人一直哑巴佬哑巴佬的叫，真名反而记不起了。其实吧，叫什么都无所谓，他也听不见。

钟表修理铺是祖上传下来的，哑巴佬修钟表的手艺也是祖传的。哑巴佬每天都弓着背坐在一张看不清颜色的窄条桌子前，左眼扣着一个黑色的圆筒一样的眼镜，拿着细小的镊子摆弄钟表。桌子上有一个玻璃橱柜，被他擦得亮晃晃的，橱柜里放着一些钟表和钟表的细小零件。

哑巴佬瘦高个，脸上爬着很深的皱纹，分辨不出他的具体年龄，可能四十多可能五十多。手指细长如枯树枝的枝杈。虽然是个哑巴，修理钟表的技术极好，再破再烂的钟表都会在他的枯树枝手里重新获得新生。

钟表修理铺的大门每天6点准时打开，里面倒也整洁，门内放着一条长凳，供客人休息等候。大多时候只有哑巴佬独自在屋里安静地修理钟表，伴随他的是时间走动的声音。客人们匆匆而来匆匆而走基本不会做太多停留，因为留着也无聊，和一个哑巴能聊啥？

不过也有例外。

有时候人们会看见门内的长凳上坐着一个蓬头垢面的女人，女人不是叫花子是个疯婆子。疯婆子手里把玩着一块表咿咿呀呀不知道唱的啥。哑巴佬干着活会不间歇地瞅几眼疯婆子，并没有恼的意思。

小镇上的人都认识疯婆子，说起疯婆子会忍不住摇头叹息。

疯婆子是轧面铺的女儿叫春草，从小长得聪明秀气，那小嗓子脆脆的，无师自通，竟然把苏州评弹唱得有腔有调的。

那年镇上来了一老一少唱评弹的，年老的身材瘦小，年轻的长身玉立，儒雅俊秀。

场地就在张家茶馆。小街上人都喜欢听评弹，一时生意还不错。春草更是如痴如醉，听着看着眼睛就收不回来了。

一个月后唱评弹的走了，春草手里却多了块表。春草看着表茶饭不思一直流泪，任谁劝也不听。后来就失踪了，一年后回来就变成了疯疯傻傻的模样。

好心人和哑巴佬比画，意思是说让哑巴佬娶了春草，可哑巴佬却摇摇头。好心人说你一个哑巴你还嫌弃啥？哑巴佬还是摇摇头。唉，一个哑巴一个疯子，没法说。

其实谁都看得出来哑巴佬是喜欢春草的。春草出走的那段时间，哑巴佬的魂就像掉了一样，经常修着表就发起愣来。边上的人拍拍他的肩，才缓过神来。有时候站在路口呆呆地望，望一阵才蔫蔫地返回。直到春草回来，才跟拣着宝似的出了笑脸。

春草疯了却也不乱走了，只是总会拿着表让哑巴佬修。哑巴佬认真地拆开，擦油，修整一新。交到春草手上的时候春草笑了，把表放在耳朵边上听，放在脸上摩挲，一脸的幸福。哑巴佬出神地看着春草，看一眼，再看一眼，也笑，一张光洁的脸慢慢皱成了满是褶子。

日子就这样安静地流走，也许哑巴佬和疯婆子就这样成为了小街上人心里没有故事的故事再慢慢被遗忘。

一个闷热的午后，午睡中的人们被疯婆子的哭喊声惊醒。人们不知道发生了什么事，赶紧跑了出来。但是河边根本没有人。

这个疯婆子。

人们正想离去的时候却发现了哑巴佬，哑巴佬的脑袋在水里一晃又没影了。

不好，快救人！

有水性的纷纷下水。找到没？没啊。继续找，忙活了半天，终于把哑巴佬找到了，不是一个人，还有疯婆子春草。

从水里捞出来的哑巴佬变得白白胖胖的，就像一只鼓胀的气球，脏兮兮的春草也变得洁净异常，两个人紧紧地搂在一起。奇怪的是两人脸上毫无惊恐之色，似乎还带着笑意。

哑巴佬右手握着拳头，费了好大劲掰开，掌心竟然躺着一块磨损严重却依然光亮如新的手表。

于是人们猜测，哑巴佬是帮春草捞手表了，手表捞着了，春草又跳河了，哑巴佬肯定是在救春草的时候精疲力竭没有爬起来。

这个哑巴佬，为了一个疯子，值得吗？

阳光穿过的早晨

每天早上六点，小贩的叫卖声准时在村里的小路上响起，然后是电平车驶过吱吱的声音。而小贩第一个看见的总是一位老太太。她坐在路边的一棵老槐树下面，背靠着老槐树，有时抻长了脖子在望，有时眯细着眼睛，头一上一下地打盹，身边斜着一根和她一样乌漆麻黑的拐杖，一条毛快掉光的老黑狗不离左右。

听到叫卖声老太太的眼睛陡然睁开了。

小贩停下车，跳下来，麻利地用塑料袋装了几张粉皮顺便扯了几根咸菜递给老太太。老太太用颤巍巍的双手接过，又从脏兮兮的围兜里摸出一块钱。小贩说，您怎么天天吃粉皮啊？老太太羞涩地笑了，露出空洞的嘴，好人啊，我不吃这个还能吃什么呢，别的嚼不动了，你看看，牙都掉完了……哦，小贩还没有听完老人的话就发动了电平车继续他的生意去了。

老太太拿着粉皮不急着回家。看见村里人路过就打招呼，村里人都回一句，早，你怎么不多躺会儿啊？她就絮絮叨叨地说，老了，躺不住，多年养成了起早的习惯，想睡也睡不着了……没等她说完，村里人已经走远了。

都忙，都忙，以前我也忙啊，黑子，现在只有你肯听我说说话了。老太太伸手亲昵地拍拍黑狗的头，黑狗也亲昵地舔舔老太太的手。

老太太耳朵不背，眼睛也很好。年轻时绣花是村里一只鼎，村里的女人都喜欢上她家学绣花。可是五年前老太太两只手开始发抖，后来越来越厉害，根本不能绣花了。老太太心里那个急啊，越急越坏事，去年又在台阶上摔了一跤，摔坏了股骨头。

忽然，黑狗站起来耷拉着耳朵一窜一跳使劲晃尾巴，嘴里发出呜呜的声音。

妈，你怎么又一大早的坐在路边了，还不快回屋里。原来是儿子骑着车急吼吼地跑过，一边骑，一边嘴里啃着一个馒头。

别骑太快，路上……还没等老太太说完儿子已经没影了。

都忙，都忙。老太太摇着头，目光茫然地看着儿子消失的方向。黑狗折回老太太身边，头左左右右地四散张望，伸出舌头快速地舔了几下鼻子。

突然，它又蹿了起来，这回不光摇尾巴，还一溜小跑，迎来了一个十来岁的男孩。

奶奶，你怎么又出来了，外面冷，快回屋。男孩背着鼓鼓囊囊的书包一边走一边吸着一罐牛奶。

团团，路上小心点，慢着点儿。

知道了。你怎么又叫我团团，我长大了，以后叫我名字乔羽辉。男孩脸对着老太太倒退着走了几步一转身抬腿踢飞了一颗小石子。

哦——长大了，都长大了。老太太眯着眼睛目光尽量拉长黏着孩子的背影。

黑狗追了男孩一段路又返回到老太太身边，老太太收回目光，继续和黑狗说话。说什么，也许只有黑狗能听懂。村里人一个个从眼前走过，老太太不时地打招呼。有人礼貌地回一句，有人不回急匆匆走过了。

没多久，路上一个人也没有了，整个村庄显得格外安静，只有树丛中的鸟儿在叽叽喳喳。不时有一只或者几只腾地飞向天空，老太太靠在老槐树上，歪着头，眼睛顺着鸟看向天空，天空飘着棉花絮一样的白云，老太太嘴里轻轻嘀咕，还是鸟儿好啊，叽叽喳喳多热闹，想飞哪就飞哪。老太太看累了，又闭上眼睛打盹，她梦见年轻的自己，年幼的儿子，儿子快速地扒着一碗饭。儿子说，妈妈，你烧得咸菜粉皮真好吃。好吃就多吃点，多吃点长得快。老太太在梦里说，说着还吧唧了一下嘴，手里的粉皮滑落在地。黑狗抬头看了她一下，没发现什么异样，也蜷缩成一团开始睡觉。

老太太继续着梦境，梦很甜，她梦见自己的手和腿都好了，正娴熟地绣着花，绣的是她最拿手的富贵牡丹。儿子看着她笑，孙子围着她跑，还有好多好多鸟儿，飞啊飞啊……哦，她的黑狗也长上了翅膀。

阳光调皮地透过老槐树树冠的缝隙悄悄溜下来，变幻成无数片金叶子在老太太的头发上、脸上、衣服上跳跃……老太太霎时变得金光灿灿起来。

虚拟婚姻

叶晓珊是我的好姐妹，我和她都喜欢上网。

不同的是她喜欢聊天交友，我喜欢在网上看书。

我劝她有时间还是看看书吧。她对我嗤之以鼻，她说你是在虐待自己，把大好的时间浪费在文字上，标准的书呆子。文字能和你互动吗？文字能和你聊天吗？文字会说我爱你吗？

对于她的歪理十八条我只有无奈地笑了。真可谓秀才遇上兵，有理说不清。不仅如此，我还会被她突然冒出来的想法吓得不轻。

有一次，她怪异地盯着我的脸看。我说怎么了？我脸上有东西？她说我想变成你一样的瓜子脸，去磨骨？我睁大眼睛看着她棱角分明的大方脸，看着她细长的眼睛，辨别她是不是在开玩笑。结果从她眼睛里流露出来的是无比认真。我吓坏了，我说你可别干傻事，好好地干嘛要改变脸型啊，更何况你不难看，你看你蜂腰肥臀，多健美啊，我想要还要不上呢！她嗤地笑了，那，我再考虑考虑？谢天谢地，最后她终于没有行动。

一天，我的门再次被她擂响，打开门，她像一枚重磅炮弹射向我的冰箱，拿出一罐雪碧，接着把她肥硕的屁股砸进沙发，一仰脖子“咕咚咕咚”喝起来，我听见雪碧的气泡在她的肚子里相互挤压变形最后从她的喉管跑出来，她一连打了几个嗝。

我说你去救火了？她把雪碧空罐“噗”地扔进垃圾桶，一本正经地说，蓝月，从今天起我要结束网海流浪。我笑了，怎么突然想明白了？她冲我扮了个鬼脸，因为，当当当，本小姐要结婚了！我愕然地望着她，抬手拭了拭她的额头，没烧啊！怎么这么突然？有目标了？

她嘁了一下，你才发烧呢。让你见识一下我的最爱。说着她把我拉到电脑前，打开她的相册。

就是他，怎么样？帅吧？

相片上的男子确实很帅，皮肤白皙，明眸皓齿。

怎么认识的？网络？

嗯嗯，你知道他喜欢我什么吗？

什么？

他说我让他有一种依赖感，集母亲、大姐、恋人于一身，很复杂是吧？嘿嘿，他说反正一遇见我就觉得我是他今生要找的人。

就凭这？

当然不是，我也喜欢他，一认识他就有怦然心动的感觉，我相信这就是缘分。

缘分？我感觉这东西有点玄乎。

你别泼我冷水好不好，反正我已经决定了，嫁给他，随他回老家。她目不转睛看着相片，脸上泛出红晕，细长的眼睛里满是柔情。我看着她就想笑，因为我太了解她了，雷声大雨点小是她的一贯作风，最后有可能无声无息。

但是我错了，三天后我收到叶晓珊一个条短信：走了，珍重。我赶紧打电话过去，你真走啊？千万等我，我来送你。她说，我已经在开往南方的列车上了。我急得直跳脚，你怎么能这样！电话里传来她咯咯的笑声，因为我不想看见眼泪。我眼里真的淌出了眼泪，我故意咬牙切齿地说，你个重色轻友的家伙！她说，没办法，嘿嘿，我会给你打电话的。

三个月后她给我打来了电话，她说她没有选错，他对她很好。她还幸福地告诉我她肚子里有爱情结晶了。我由衷地说，真好，为你开心。她说，你别为我开心了，也趁早找一个吧。

又过了三个月，她再次给我打来电话，我心想肯定又是给我报喜，于是高兴地说，有什么好事，快说吧。

可是话筒里传来一声叹息，她说爱情真的不堪一击。我一惊，怎么了？她说他竟然背着我网恋。我说没那么严重吧？她说有，不过被我及时刹住了。他敢对不起我，我和他没完。我说你别激动。她的声音变得歇斯底里起来：我能不激动吗？我为了他离开了孕育了我二十三年的城市，你知道他的家乡是什么样子吗？很偏僻的一个小镇，虽然我早做好了思想准备，但是还是被小镇的破落吓了一跳。但是我认了，只要他对我好。他必须对我好！

说完她狠狠地挂掉了电话，我拿着电话发愣，但愿这只是一个小插曲，夫妻间有点小摩擦应该没什么的。

过了些日子她又给我打来了电话。

我快疯了！

怎么了？

他竟然连我短信都不回了。

也许在忙吧。

我一天发了几十个短信，他一个不回！

你干吗要发那么多短信？有急事？

不，我只想知道他在干吗？

有必要吗？

我不知道。

他有异常吗？

似乎没有。

别太紧张了，你这样对你们俩都不好。

我知道，可是我控制不住。电话里她哭了，哭得很压抑，我也手足无措了，不知道该如何去劝慰她，我想等忙过一阵，应该去看看她。可是由于工作原因，一直没能成行。

这次终于争取到了三天休假，我刚想给她打电话电话却响了。

呵，我刚好想给你打电话呢。

有时间吗？陪我喝一杯。

啊？千里之外啊。你等我，我有三天假期，我来看你。我想她知道这个消息一定会很高兴，但是她说出的话又把我吓着了。她说，不用了，我就在你附近。雨梦酒家我等你。

雨梦？天哪，你什么时候回来的？

我匆匆赶去，她真的在那，她低着头正在用茶水画着什么，看见我就抹掉了。她瘦了许多，脸黄黄的没有一点血色，眼神空洞得让我心疼，我拥抱了她，我说你还好吗？

她笑了一下，笑得很凄凉，她说我离婚了。我很惊讶，本能地看了看她的肚子。没了。她的泪一滴滴滑落，早没了。

我没有再问下去，因为问下去于事无补，只会再让她伤心一次。我再次拥抱她，让她在我怀里尽情地哭泣，我拍拍她的后背说，一切都会过去的。

那晚我们喝了很多酒，她醉眼蒙胧的问我什么是虚拟婚姻？没等我回答她嘿嘿地笑了，虚拟，嘿嘿，什么都是虚拟的。

小诺的秘密

在同事当中，小诺有点特别。别的年轻人都充满了朝气，唯独她仿佛永远是处在被阳光遗忘的角落。她不爱说话，看见人最多抿嘴一笑。一张白皙缺少血色的脸配上大大的忧郁的眼睛。整个一林黛玉翻版。

正因为她太安静，就让人有了无法靠近的感觉。

我和小诺的关系也只是点个头。

但是在无意中我发现了一个天大的秘密。

那次双休，我带儿子去连云港花果山旅游。

因为是休息日，人很多。我拉住儿子的手跟着旅游团队慢慢走，突然我看见前面有一个娇小的女孩吊着一个秃顶男人的胳膊，样子很亲密。那身形非常眼熟，天哪！这分明是小诺啊！她也来连云港了？我有意想追上去看个究竟，但是儿子喜欢乱跑我不敢离开，两个人眨眼间就没入了人群。

两天休假匆匆过去，我却没有再遇上小诺，或者说那个酷似小诺的人。

但是这件事情却在一直在我心里上上下下地翻腾。周一上班的时候我忍不住问小诺：你也去连云港了？

小诺的脸腾地红了，忽闪了好几下长长的睫毛说，没啊。

我一定没看错，要不她脸红什么？既然不愿意承认，里面一定有猫腻。

人就是这么奇怪，心里藏着个秘密非得找个人说出来。

于是没多久，全办公室几乎都知道了小诺的秘密。看小诺的眼神也多了一份复杂。

小诺似乎觉察到了，连那难得的抿嘴一笑也消失了踪影，取而代之的是怀有敌意的警惕的眼神。

每天她都低着头只管做事，下班了就匆匆地走了。

她越是这样，我们越是好奇。

很快我们了解到小诺五岁的时候父亲就出车祸身亡，是妈妈一手带大的。她妈妈后来重组家庭以后，继父对她很冷漠，也就是说小诺从小缺少父爱。这么说那天和一个秃顶男人在一起就不奇怪了。那么那个秃顶男人会不会是她继父呢？肯定不是，因为他的继父头发浓密根本就不秃顶。

答案只有一个，那就是小诺和一个上了年纪的秃顶男人关系暧昧。

正当我们为自己的发现津津乐道的时候，却传来了一个惊人的消息——小诺吞安眠药自杀了！

当我们赶到小诺家的时候，却被小诺的妈妈挡在了门外。她流着泪说：请你们不要打搅我可怜的孩子。

面对尴尬的我们，小诺妈妈叹了口气说，我没有怪你们的意思。小诺性格孤僻，不爱和人交流，我有不可推卸的责任。

其实小诺小时候是一个活泼开朗的孩子，她漂亮聪慧，和他爸爸的关系非常好。小诺爸爸一有时间就带小诺出去玩，那时候真的是幸福呀！谁知道那次他爸爸带她驾车出去却再也没有回来。虽然小诺只是受了轻伤，但是她目睹了爸爸出车祸的惨状，精神受到了强大的刺激。每天她都睁着惊恐的眼睛抱住膝盖瑟瑟发抖，足足有半年时间不言不语。后来虽然有所好转，却不再喜欢说话了。

庆幸的是，小诺学习成绩很好。一回家就拼命读书，我以为阴霾已经过去了，就没有再过多的关注她。直到她踏上社会，我的心才彻底放下来。但是我错了，医生说她患有严重的抑郁症，因为得不到及时疏导才会产生自杀的念头。小诺临走前焚烧了她的所有日记，却留下一句遗言，她说：这个世界好冷，请让我安静地离开，我要去那边找最爱我的爸爸，只有他才能给我温暖。

我是不称职的妈妈啊！说着小诺妈妈再次呜咽起来。

我们相互对望了几眼，也忍不住抹起了眼泪。

回到单位，大家都默默无语，我从同事的眼睛里分明看见了对我的责怪。而后的日子，他们有意无意地疏远了我，仿佛我是麻风病人一样。而我也一直处在自责中，一闭上眼睛就浮起小诺幽怨的眼神。

我整宿整宿地失眠，大把大把地掉头发，精神越来越差，整天神思恍惚。

看着镜子里憔悴的脸，我害怕极了。

这是我吗？这是曾经光彩照人的我吗？

镜子里的我的脸色越来越苍白，越来越模糊。我揉了揉眼睛，视线再次清晰，却看见了另一张脸。瘦削的苍白的小诺的脸。我一声惨叫晕了过去。

醒来时我躺在了医院里。

一位胖乎乎的男医生微笑着对我说：别担心，你只是患上了轻度抑郁，只要配合我的治疗，很快就没事了。

我伸出手，牢牢抓住医生的手，就像抓住了一根救命稻草，我说：医生，你能给我打一针吗？就是打了能永远睡过去的那种。

绿妮儿

东沙角是一座古镇，三面环山，一面濒海。

靠着得天独厚的地里环境，这里的居民大都以捕鱼和晒盐为生，倒也安居乐业，生活无忧。

随着渔业的兴起，四面八方的居民也纷纷来小镇安家落户，于是各行各业也渐渐兴旺起来，但渔业还是小镇的主旋律。

卢定喜夫妇也是靠捕鱼为生的渔民。

这天和往常一样出海捕鱼，说也奇怪，别人都捕得鱼虾满仓，他们两口子却收获寥寥。看着别人都陆续返航，两口子心里焦急，打算再过一会，不管有没有也要回了。后来收效还是不大，两口子只能蔫蔫地回家。

突然，远处飘过来一个圆木桶样的东西，似乎还有微弱的像小猫叫一样的哭声。

两口子感觉很奇怪，便划船靠过去。

果然是一个圆木桶，里面绿莹莹的一片，竟然是一个穿着绿衣的小婴孩。

卢定喜的妻子赶紧把孩子抱出来，好标致哟，嫩生生的一个女娃子。小孩子被抱在怀里居然停止了哭声，还咯咯笑了。

卢定喜夫妇都快四十了，虽然生活安定，却一直没能生养。古人云：不孝有三无后为大。如今天赐麟儿，岂不是老天垂怜吗？把两口子乐得不轻。

孩子抱回家，取名绿妮儿。

绿妮儿倒也好养，活泼好动，就像海里的小浪花在甲板上滚来滚去。

一眨眼就滚成了大姑娘，不仅学会了结网捕鱼，还水性了得。小腰一晃能飘去几米远，又飘然折回。

都说两夫妻捡到的是海里的小神仙。

绿妮儿喜欢大海，就算不捕鱼的时候，她也喜欢在海面上闲逛。看夕阳像撒金子一样洒在海面上，看海风撩起一朵朵的海浪。

海浪间飘来一块船板，船板上似乎趴着一个人。

绿妮儿赶紧过去细看，真的趴着一个人，这人已经筋疲力尽，眼看就要下沉。

绿妮儿身影一晃，那人已经被救进船舱里。

绿妮儿问，你是哪的?

那人摇摇头。

绿妮儿又问，你叫啥?

那人还是摇摇头。

原来是个哑巴啊。

绿妮儿觉得他可怜就带回了家。经过一阵子调养，落水人竟然被滋养得红润白皙，原来是一位眉清目秀的俊俏后生呢。

后生看着窈窕丰润的绿妮儿眼神愣愣的，绿妮儿就红着脸，捂着嘴哧哧笑。

爹娘看在眼里喜在心里。

就在老两口正琢磨着给绿妮儿办婚事时，后生却不见了。

绿妮儿表面没说什么，但是海上去得更勤了。

爹娘在心里明白，不敢点破暗暗着急。

时间一天天过去，绿妮儿一天天憔悴。

浪花深处任何船影都会在她眼里跳跃出希望的火焰，随着船只消失，火焰也陡然熄灭。

终于浪花里又闪出船影，船上乌压压地站满了人，为首的身形那样熟悉。

正是绿妮儿水中救出的哑巴后生。

这回他穿着军服，威严地站在船头，船顶上飘飘扬扬一扇白旗，白旗上赫然一轮红日。

绿妮儿傻了，转身没入浪丛。

这艘船在小镇着落，船上的人荷枪实弹把小镇居民聚集起来。人们一脸迷惑不知道到底发生了什么事。只见为首的一脸严肃，伸长了脖子往人群中观望，眼神倒是并不凶悍，反而有着掩饰不住的焦灼。

一个留小分头的家伙走到人前吐沫横飞地说，三天之内立马搬离，如若不然死啦死啦的干活！

人们愤怒了，更愤怒的是绿妮儿的父亲卢定喜。他冲上前骂道：你这个忘恩负义的家伙，你的小命还是咱们救的呢，你就这样报答我们？

你别给脸不要脸。小分头拦住了卢定喜，如果不念你曾经救过皇军的司令官，全村人一个不留，识相的快点滚蛋！

说着朝天空放几枪，惊得野鸭子扑棱棱飞上天去。

那些刁民，不吓唬吓唬他们不行！小分头得意地冲日本军官点头哈腰。

巴嘎！出乎意料的是，日本军官非但没有奖赏他，抬手给了他两个耳光。

该！狗汉奸！人们含着恨，咬着牙慢慢散去。

卢定喜如梦初醒，原来他们救起的是日本军官，怪不得装哑巴呢，好狡猾啊！事到如今，只恨自己有眼无珠救了仇人！他一口一口地喝着闷酒，长叹一声对垂泪不止的妻子说，错是我们犯下的，只能由我去了结。就算舍去性命也不能害乡亲们背井离乡啊！

妻子流着泪坚定地点点头，站起来为他斟酒。

直喝到月影西斜，卢定喜揣上锋利的菜刀就上路了。

鬼子就驻扎在严永顺米店，米店老板一家被赶到一处小屋里去了。门前有日本兵晃着长刺刀在站岗。

卢定喜不怕，他和严永顺米店老板是朋友。熟门熟路，翻过一道矮墙缺口直奔里屋。里屋亮着灯光，卢定喜舔开窗户纸往里看，不看则已，一看一屁股坐在了地上。

床上的人脖子被砍断，血从床上一直淌到了地上。

卢定喜定了下神赶紧离开。

第二天，日本人一阵骚乱后驾船离去了。

人们纷纷击掌相庆，说肯定是海神娘娘显灵了。

静下心来的卢定喜这才想起来女儿绿妮儿，绿妮儿怎么一直没见呢？

绿妮儿真的失踪了。

多年以后，人们在东垦山的海神庙进香时，发现一个身影一闪，很像绿妮儿。

心　崖

正午的阳光很毒，空气烫的让人窒息。

车子正飞快地行驶，司机是一个四十多岁的女人，皮肤不是很白，笑起来眼角游出像鱼尾巴样的皱纹，不算太长的头发很随意地挽在脑后。

强子看了看副驾驶座上的三癞子，三癞子靠着座椅脑袋随着车子的颠簸轻轻晃动，好像睡着了。强子疲惫地靠上后座，却发现女人透过后视镜冲他微笑，出于礼貌，他也勉强笑了一下。女人说，小伙子你有十八了吧？我儿子和你年龄差不多，在念高中呢，你和他长得很像。说完又看了强子几眼，眼里充满慈爱。那眼神让强子想起了母亲，他的心不禁抽搐了一下。

车子很快就来到了市郊，不知道是不是冷气太足的缘故，强子打了个冷颤，心也不安地跳动起来。

女人很健谈，她说她儿子马上高二了，每个星期天都会打电话给她，让她注意身体，别太累了。女人还说等儿子大学毕业有了工作就不用那么拼命了。也许强子让她想起了儿子也带给了她好心情。可强子有事，自然也没有听进去几句，只是答非所问在应付着。

突然，女人的声音戛然而止，取而代之的是颤抖的声音，你，你要干什么？

原来女人腰里多了把明晃晃的刀子。

别叫，叫就扎死你！靠边停下。三癞子低沉地命令。

女人一张脸变得惨白，突如其来的变故把她吓懵了，两片嘴唇抖得几乎合不到一块儿。

强子如梦初醒，三癞子竟然要劫车！

三癞子把女人逼下车，来到路边的小树林。小树林的前面是一个湖泊，湖水深邃幽静，发着蓝幽幽的光。强子的脊背爬过一层鸡皮疙瘩。

你放了她吧。强子颤声说。

放？你傻啊！这辆车一转手，你妈的医药费就不愁了。把她往湖里一扔，神不知鬼不觉！三赖子歪着嘴，额头上一条暗紫的伤疤“突突”地跳动，他正用绳子，麻利地把女人的手和脚反绑扎紧。女人努力扭转头看向强子，强子却不敢看她，低下了头。

强子还不记事的时候就没了爸爸，堂叔三癞子很喜欢他，但是妈妈坚决不让强子和三癞子亲近，也不让强子管他叫叔。也难怪，三癞子一直游手好闲不务正业，妈妈从来不给他好脸色。妈妈说人活着要有骨气，要堂堂正正。

强子很听话也很争气，考上了重点高中。每个假期强子都会回家帮妈妈做事。这次回家他呆住了，妈妈憔悴枯黄就像随时会被风吹走的落叶。

妈妈病了，是可怕的肾病。通过配型，医生欣慰地对他说，很成功，亲子的肾更少排异反应，现在只要十五万，就可以手术了。

强子借遍亲朋好友，还差八万。就在他一筹莫展的时候，来了一个人，这个人就是三癞子。强子起先不愿意搭理他，三癞子说你妈病了，我心里比谁都急，我有办法弄到钱。

他心动了，他需要钱，钱可以救母亲的命。但是他没有想到三癞子是用这种方式弄钱。空气似乎凝固了，强子听到自己粗重的呼吸。

放了她！

声如裂帛。三癞子一哆嗦，停下了手里的动作。抬头看见强子的眼睛盯着自己。

强子你怕了？如果事情败露，我一个人顶着绝不会吐露你半个字。卖车的钱你拿去救你妈。只要能救你妈，我三癞子这条烂命就值了。三癞子说着眼里竟然闪出了泪花，他用手指向自己的额头。看见这个疤了吗？这是你妈当年给我留下的，我对不住她……我不能眼睁睁看着她死啊……

可是，你想过没有？我们不愿意失去我妈，她的亲人同样不愿意失

去她呀！你要是杀了她，我妈就算救活了也不会开心，我更不会开心。我们将成为一辈子的罪人啊三叔。强子“咚”地跪下了。

强子，你，你快起来，你一个读书人哪能给我这个烂人下跪啊！我，我听你的还不行吗……三癞子手忙脚乱解开女人身上的绳子。

女人却没有走，她拢了下凌乱的头发，无比坚定地说，我不走，我看出来了，你们本性不坏，只是遇上了难处，也许我能帮上你们。

一年后的傍晚，强子和三癞子再次来到湖边，风推波纹，湖面上就像铺了一层碎金。夕阳下款款走着两个手挽手的女人，是强子的妈妈和那位女司机。

暗恋

我们班的李晓红长得很漂亮，瓜子脸柳叶眉，毛茸茸的眼睛瞧谁都雾蒙蒙的，再加上身材修长穿着又时尚，惹得男生火星子四溅就差流哈喇子了。不过有句话说得好，漂亮女生读不好书，李晓红真应了这句老话，成绩在班里倒数第一，更可笑的是，她居然喜欢上了潘辰。

潘辰是谁啊，我们的班长，不仅长相像泰国明星杰西达邦，学习更是一枝独秀，人家能看上你？你再漂亮充其量也不过是个花瓶。瞧瞧，人家潘辰连正眼都没有瞧一下她，可是这个李晓红却自不量力，异想天开，撅着屁股咬着笔杆趴在宿舍里一封一封写那些傻得可笑的情书。

这天早上轮到我抹桌子，发现潘辰那张桌子上躺着一张纸，就随手拿了起来。

别动，那是我给潘辰写的情书！李晓红大叫着跑过来，震得空气里的微尘都上下左右没头没脑的飞舞。

“我说李晓红，你烦不烦哪！你的情书干吗不直接交给潘辰?”我没好气地甩着那张纸。

“我……”李晓红的脸倏地一红，“我怕他不肯接受。”

“哈哈，也有你怕的事情啊!”

这时候其他同学也陆续进教室了，都哈哈地笑开了。李晓红的脸更红了，伸手把我手里的纸抢过去揣进口袋里。

这阵子正临近考试，同学们都在紧张复习，只有李晓红根本不当一回事。唉，谁让她命好呢——有个有实力的老爸，就算考不上重点和名牌，花点钱也能上个三流大学，三流大学的毕业生，一样可以找到一流大学毕业生做梦都做不到的好工作。

我们只有眼红的份。

也许是出于嫉妒心理吧，我们都想看李晓红的笑话，一来可以平衡心理，二来调剂下绷得紧紧的脑神经。

我走过去拍了拍李晓红的肩膀。“哎，李晓红，你是真傻还是假傻，你不表白，人家怎么会知道你喜欢他？爱了，就要让被爱的人知道。”一边说我一边偷偷冲旁边的杨姗姗挤眼睛。

“是啊，是啊！黄花花说的没错。李晓红你喜欢潘辰就应该表白，为了爱勇往直前！”

杨姗姗不愧我的死党，拎得清，立马接上了我的翎子。

“这样吧，明天，我帮你递给他。”我做出很豪迈的样子，私底下却冲同学们做鬼脸。

李晓红咬着嘴唇想了想，说：“那我还是亲自交给他吧。”

我们几个眼珠流转无声地笑了。

上晚自习的时候，李晓红心不在焉老是偷瞟潘辰。潘辰呢目不斜视听着班主任马老师讲课，时不时在纸上沙沙记录着。潘辰的座位和李晓红就隔开一张桌子，只消伸长手臂扯一下潘辰的衣角，潘辰就能觉察了。我坐在李晓红边上，使劲用眼神鼓励她，可这个李晓红真是有贼心没贼胆，犹犹豫豫急死人了。我轻轻踩了一下她的脚，冲潘辰歪歪嘴巴。李晓红抿着嘴点点头，伸手过去……

“李晓红，你有什么事吗？”马老师用她纤细白皙的中指推了推鼻子上的黑框眼镜很疑惑地问。

“报告老师，我……没事。”李晓红被马老师冷不丁的问话吓得哆嗦了一下条件反射“呼”地站起来，又窘地低下了头。

“没事就好，那就下课吧。”马老师瞥了一眼李晓红，开始收拾讲桌上的课本。

李晓红偷偷吁了口气坐下来。

就这么完了？好戏还没开场呢？那我们的心思不是白费了？我急中生智在李晓红入座的瞬间迅速用脚一勾，李晓红一下坐了个空，慌乱中她用手一拉，课桌倒了。

好多纸片从桌肚里撒出来，天女散花一样。

“怎么回事？那是什么？”马老师弯下腰捡起一张。

“是李晓红写给潘辰的情书。”我们几个恶作剧始作俑者不约而同地说了出来。我们的脸因为兴奋而变得赤红，我们憋也憋不住的笑把嘴巴都挤变形了，在全班同学哄堂大笑中笑得捂住了肚子。

潘辰盯了一眼李晓红，低着脑袋，逃也似地离开了教室。

好，要的就是这效果！我看着李晓红泪哗哗的脸，心里升起邪恶的快感。李晓红，这回丢丑丢大了吧，看你还敢不敢自作多情！

此后，李晓红真的收敛了很多，但是那双雾蒙蒙的眼睛还是黏着潘辰，不过再也没敢写情书。让我想不到的是，潘辰也不和我说话了，而且还似乎故意避开我。好几次明明要碰面了，他一拐弯去了别处。

潘辰你不至于吧？让你丢丑的是她李晓红不是我黄花花。我和你可是一起从山沟沟里走出来的，村里人哪个不说我们俩是山沟里飞出的一对金凤凰？

不理就不理吧，用实力说话，总有一天你会求着我和你说话的。我扯过一根柳条枝看着潘辰远去的背影，狠狠地揪着那些可怜兮兮狭长的细叶子。

功夫不负有心人，我和潘辰考进了同一所大学院校，大学毕业后，又都回到了母校教书。

这几年过去，我已脱尽青涩蜕变成一个袅袅婷婷的靓丽女子，举手投足间无不充满了优雅气质。

我喜滋滋地对着镜子，摆弄我新买的衣裙。

“黄花花在吗？”外面响起敲门声，原来是班主任马老师，岁月不饶人，马老师虽然黑发依旧，但以前苗条的身段明显有了发福的迹象。“呀，马老师呀！快请进。”我像一直翩飞的蝴蝶飞到门口，亲昵地拉住马老师的手。

“花花，潘辰要结婚了，下个月8号，他让我来给你送请帖。”马老师笑着从小坤包里掂出一张红卡片来。

“谁？”我像被刺猬扎了一下。

“潘辰呀！哦，你是问新娘是谁吧？就是李晓红呀。”

我的头一阵眩晕，也不知道马老师是什么时候走的。

当夜，我流着泪打开一个盒子，里面装满了码得整整齐齐的信纸——是我从中学起一直到现在写给潘辰的情书。

塌陷的天空

女人抱着一大堆食物进来的时候，她连身子也没有动一下，只从牙缝里蹦出一个冷冷的字——滚！

女人不由自主地哆嗦了一下，说，大姐我给你做饭。说着径自去了厨房。

她跳起来冲进厨房，擎起案板上的菜刀，指向女人，你，不要逼我！

女人悲凉地一笑，来吧。如果你的心里能够好受点。

她从女人悲凉的笑容里看到了暗藏的狡黠。

她冷冷一笑，我不会上你当的，我会留着命等，等你儿子从监狱里出来。

女人咚地跪下了。

大姐，我求求你，放过小东吧。孩子不懂事……他经不起失恋的打击，一时情绪失控……法院，法院也说了……是误杀……

你给我住嘴！你儿子杀了人，你到现在还包庇他，你这个可恶的女人！

是。千错万错，是我的错，我太宠他，从小到大，他想要什么我就给什么，我才是罪魁祸首啊！大姐，大姐，我当你的使唤丫头，我伺候你一辈子……

我呸！我的儿子死了，你的儿子也别想活！你给我滚，你给我滚啊！滚啊！

她的双眼喷出火焰，菜刀在她手中颤动不已，终于呼啸而出——“砰”砍了碗，“哗”砍了碟，“铛”砍了水池，“噗”嵌进菜板，她拔了几次没拔出来，连刀带菜板一起砸向墙角……

女人哭着号，大姐，对不起，对不起啊！我们都是女人，我们都是孩子的妈妈，孩子没了，我们的天就塌了，塌了啊……女人的头砸向地面，一下又一下，女人的额头变红，变紫，渗出殷红的血……

女人的哭声就像无数把会游走的刀子窜进着她的耳膜，她头痛欲裂，痛苦地用双手捂住耳朵……突然，声音戛然而止，她讶异地张大了嘴巴，她看到女人杂乱的头发不断起伏，女人大张着嘴巴喷出唾沫流出口水，女人焦黄的脸上挂着两个硕大的眼袋……她揉了揉眼睛，她感觉眼前的女人其实就是她自己，她其实就是那个女人，她和女人重叠旋转，旋转重叠……她眼前一黑，陷入了无边的黑暗。

醒来时，她发现自己躺在床上，台灯发着幽幽的光，女人已不见踪影。

她支起身子，看见了儿子，儿子穿着蓝色T恤，乌黑的短发，白皙俊朗的脸，嘴角微微上翘露出洁白整齐的牙齿，儿子搂着她的肩，靠着她的头，她眯着眼，一脸的笑。

儿子说妈咱们照个像。她说，妈老了，丑。儿子说，我妈才不丑呢，你瞧瞧你儿子，丑吗？她瞅一眼儿子，再瞅一眼儿子，笑了。儿子当然不丑，儿子已经长成英俊的小伙子了。那年，那个狠心的男人一纸离婚书，挽着另一个女人走了。儿子温热的小手牵住她，说，妈妈别怕，爸爸走了，还有我。她抱起儿子，把脸紧紧地贴在儿子的小脸上。儿子那时才8岁，8岁的儿子撑起了妈妈的天空。

儿子争气，一年一年拿回的奖状贴满了小屋的墙壁。儿子说，我一定要考大学！儿子没有说大话，真的拿回了大学录取通知书，他说他们学校就录取了两个人，他和小东。那时候她高兴地流泪了，老天还是公平的，给了她一个好儿子。这次暑假回来，儿子开心地告诉她，已经有企业和他挂钩了，再过一年妈妈就能享儿子的福了。

往事历历，这张放暑假儿子回学校前和她一起照的相片成了她唯一的相伴。

儿子，儿子。她伸手摸摸儿子的脸，你一定很冷是吧？她把相片搂在怀里，她的眼里流不出一滴泪。儿子，妈妈会一直陪着你的。

她下床，幽魂一样往外走去。不远处是胥江河，小河在月光的映照下特别的恬静安详，墨绿色的水就像一张柔软的床。风吹过，水波儿摇啊摇，晃呀晃，多像儿子小时候躺过的小摇床……

你不能啊！

树丛的暗影中冲出一个女人，她一把抱住了即将飘入河中的身影。

你让我去，我死了，你儿子就安全了。她的双手因为抱着儿子的相片，只能扭动身子想挣脱女人的控制。

不，我就是怕你想不开，所以天天晚上看着你。大姐，我求求你，我求求你……女人的双手死死地抱住她。两个女人力量相当，几个回合后，她们同时倒地，倒地瞬间，女人执拗地紧紧抱住了她的双腿，她挣了几下，终没挣脱。

为什么会这样？为什么啊！她的泪再一次从眼眶蹦出……

谁与共鸣

第一眼看见戴维我就有了怦然心动的感觉。

那是公司的一次大型会议，他是会议主持人。他主席台的位置刚好和我的位置面对面。虽然中间隔开有十米的距离，我依然能够清晰地看到他的一举一动。他不算高大却英气逼人，大大的眼睛仿佛随时能蹦出生动的语言，我被他优雅的富有个性的谈吐深深吸引了。当他的目光透过镜片有意无意看向我时，我竟有了甜丝丝的窃喜和明显的慌乱。

第二次遇见他在电梯。

他很亲切地伸出手说，你好。我赶紧伸出手却忘了胳膊下夹着的材料，哗啦落了一地。我顿时脸红耳赤赶紧蹲下身子捡拾，结果和也蹲下身子的他头碰在了一起。他率先笑了。

当天晚上我很意外地接到了他的电话，他说一起去唱歌好吗？我在你家楼下。我迅速地跑去阳台。路灯的辉映下，一辆银色的宝马车熠熠生辉。而靠在车头的不正是他吗？

我说你怎么会有我电话？他笑。是啊，我这个问题问得真的太弱智了，员工档案都有啊。我说可是我不会唱歌。他说没关系，我会唱，我只是想找个人陪。我说你怎么会想到我？他说这个你必须问我的大脑。说着再次笑了，透着调皮。

KTV包间只有我和他，他唱歌真的很好。他唱——夜阑静，问有谁共鸣？这时候我突然发现他真的具有张国荣的神韵，无论是眼神还是嗓音。我感觉迷离灯光中的他有着如瓷片般的精致和脆弱，心不禁隐隐地痛，不知道在他光鲜的外表下隐藏着怎样不能轻易示人的经历。但我不敢尝试去问他，毕竟我们还不熟悉。

后来，他经常让我陪他唱歌，多数是他唱我听。而他依然只唱张国荣的歌。他说张国荣是敢爱敢恨的人，他的很多歌曲都是他真实的心声。我说是，我也很喜欢他的歌。他说你知道吗？我和张国荣有很相似的童年。我很早就被父亲送到国外读书，在我最需要疼爱的时候却独自面对孤独。

说到这里他眼里竟有了隐隐的泪光。我的心再次疼痛，我张开双臂把他拥在了怀里，他的脸埋在我的怀里，很快我胸口被他的泪水洇湿。我抚摸着他头发，就像抚摸一个无助的孩子。

我知道从那一刻开始我已经不可救药地爱上了他。

虽然他没有和我表白过，我想爱是无需用语言表白的，我深深地沉醉在对他的爱恋之中。

可是这种美好的感觉被一个电话破坏了。

那天傍晚我的手机响了，我以为是戴维，赶紧接了电话。

你是安妮？电话里传出一个陌生的男声。

我感觉很意外，你是？

最近你是不是一直和戴维在一起？对方的语气里有着明显的不友好，我不禁产生了戒备。

你到底是谁？

哈哈，哈哈哈，你以为戴维会爱上你吗？我告诉你，他不会喜欢任何女性的。他之所以和你一起，是因为我暂时离开了，他需要一个人排解孤独而已。

你胡说！我有点歇斯底里了。

可怜的女人，那么我来帮你回想一下吧。他有说过爱你吗？他有亲吻你吗？他有和你肌肤之亲吗？没有，对不对？我告诉你，他永远都不会。因为只有我才能给他踏实的安全感。哈哈哈……

这一连串的笑声让我毛骨悚然，我的大脑思维混乱极了。确实，他说的这些都没有。戴维和我在一起虽然很和谐却总感觉少了点什么，被他一提醒才明白了那是缺少了一份情人间该有的火热。难道？……我不敢想下去。

这一夜我辗转反侧，那些关于戴维的画面像电影一样在我脑海里回放，天亮时我做出了一个毅然决然的决定：就算戴维如那人所说，我也要把他拉回正常轨道。

一周后，我第一次主动约戴维上我家，理由是我生日。我没有说谎，那天真的是我生日。戴维很高兴地答应了。

为了这一天我做了精心的准备，红酒，蛋糕，浪漫的音乐。我身着一件粉色的低领纱裙，还稍稍化了点妆，我心情忐忑等着戴维的到来。

戴维捧着一束黄玫瑰应约而来，打开门的那一刻，我看见他眼中跳跃着热烈的火花。他说祝你生日快乐，安妮。今天你真漂亮！我说谢谢。我接过玫瑰在他脸上轻吻了一下。他却脸微微红了，我笑着把他拉进来。

他说你的小屋真雅致。我给他递上一杯红酒说，你不感觉我的小屋少了点东西吗？我的眼睛看向他，他的眼神却避开了，他说祝你生日快乐。Cheers！

在浪漫的音乐声中，我们翩翩起舞。我贴着他的耳朵说以前我从来不过生日，你是唯一陪我过生日的人。他笑了。我抬起头看向他，你，愿意一直陪我过生日吗？他的眼神再次避开了。

我的心情沮丧极了，但是我不愿意放弃，我要做最后的努力。我伸手环住他的脖子，让我柔软的女性身体和他紧紧贴附。我感觉到了他身体的战栗，我踮起脚尖吻上了他的唇，他从僵硬到热切，我知道我已经成功将他的热情点燃，今夜我愿意为他付出我的一切。

戴维的电话在这时候不合时宜地响起，他看了下匆匆摁掉了。

他说我们来切蛋糕吧，先许个愿。我说好，我闭上眼睛许了个愿。我说你想知道我的愿望吗？他说不想，因为愿望说出来就不灵了。我说可是我想知道一件事，这件事只有你能给我答案。他说，我知道你想问的事情，安妮，让我们一直做好朋友好吗？

我的泪奔涌而出，我说为什么？他垂下眼睛说有些事你不会明白的。

电话再次响起。

他看了看电话，慌乱地说他有事了。说着逃一般匆匆离去。看着他仓皇离去的背影我心中充满了无穷无尽的悲凉。

第二天，我离开了这座城市，却没有换掉手机号。

找我什么事

下班回家，拿出一嘟噜钥匙想开门，被郝大妈叫住了。

兰兰，你来下，我有事和你说。我看着郝大妈，有点奇怪，我和郝大妈很少来往，她找我会有什么事？

我满腹狐疑跟着郝大妈进了屋。

郝大妈家里很简单但很整洁。客厅就一张饭桌几把椅子，靠墙一个旧沙发，拾掇得干干净净，茶几上还放着几本《家庭医生》一类的杂志。厨房里飘出一股中药味。

郝大妈说，我有风湿性关节炎，那时候上山下乡落下的病根，我在煎药，你先坐会，我看看药。我说好，你先忙。郝大妈匆匆忙忙进了厨房。

我顺手拿起茶几上的杂志翻起来。心里琢磨着她找我究竟什么事？

按说我和郝大妈也算半个同行，她退休前在医院药房上班，而我是做药品销售的。但是我们搬来的时候，郝大妈已经退休了，她深居简出不大出门，而我也是单位家里两点一线，所以虽然住对门，见面也只是点个头问候一下。她找我能有什么事呢？难道？……要是和我说那件事，我立马脚底板走人。一家不得知一家，她瞎掺和什么呀！

正想着，郝大妈晃动着瘦小的身子出来了。刚坐下，电话响了。郝大妈歉意地说，我接个电话，没准是我们家老头子。我说没事。我继续翻看杂志。

——喂，老头子。哦，我挺好的，你还好吧？我正想给你打电话呢！你赶紧回来吧。什么事？这几天我一直心不定。为什么？你知道张老师爱人吧？她出事了！

我心里咯噔一下，张老师爱人我知道，挺开朗一老太太，平时喜欢打打麻将啥的，她出什么事了？我继续往下听。

——张老师前几天身体不好住院了，留下张师母一个人在家。昨天早上张老师不放心，就打电话回家，谁知道电话没人接。张老师就急了，打电话给女儿让她回去看看妈。女儿接了电话就去了，这一去，不得了，张师母地上躺着呢，撒了一裤裆的尿，人已经奄奄一息了，送到医院就不行了，说是突发脑溢血。

啊！原来是脑溢血啊！脑溢血是高血压引起的，现在患高血压的老人特别多，我婆婆也有。不知道她有没有按时吃药。我的心提了起来，眼睛一瞬不瞬盯着郝大妈的白头发。

——是啊，张师母平时挺硬朗，可是老了这事情谁也说不准啊，家里没个人真的不行。张老师一家子肠子都悔青了，哭天抢地，唉，要是能哭回来就好了。

听到这里我如坐针毡，人不由自主站了起来。

今年，因为搬了新家，宽敞了，就把乡下的婆婆接了过来。一开始她还挺拘谨，没几天就闲不住了，里里外外地收拾。收拾就收拾吧，还唠叨：什么早上起得太晚了，烧了稀饭你们不吃，宁愿啃面包；人不在房间还开着灯，太浪费电了；这好好的东西怎么就扔了，我们那时候……唠叨我还可以充耳不闻，最可气的是她还老是帮我收拾桌子，把我要用的东西收拾不见了。最后我忍无可忍了，决定和她说说。我说妈，你就别瞎操心了，接您过来是让你享福的，你该吃吃该睡睡该玩玩，拜托以后没事别进我的书房。婆婆愣了一下，脸色就难看了，不声不响收拾衣服回了乡下。我心想让她回乡下几天想想清楚也好，等她想明白了就去接她。想明白？她现在一个人要是有点啥……

郝大妈发现了我的异样。老头子，不说了，你赶紧回家吧，兰兰在我这呢，挂了啊。说完挂了电话。我说郝大妈，我有点事要先走了，你找我什么事啊？郝大妈挠了挠头一脸迷糊，对了，我找你什么事呢？你看我，老了记性坏了，一时还真想不起什么事了。你先忙去吧，改天聊。

出了郝大妈家，我直接奔了乡下。

婆婆回来了，我们再也没有闹矛盾。但是我还是一直在想，那天郝大妈找我究竟什么事？她后来一直没提，但是见到我，眼里却多了几分赞许。看着婆婆乐颠颠的从郝大妈家出出进进，我忽然明白了。

两张电影票

我高中毕业后一时没有找到工作。

那天，突然心血来潮去接妈妈下班。

正当我东张西望的时候，眼前出现了一团耀眼的白，往上看是一张年轻的脸，高高的鼻子，大大的眼睛，长长的眉，微卷而浓密的短发湿漉漉地趴着。他坐在一辆斗型装卸车里，饶有兴趣地看着我，身上的白衬衫在阳光里格外耀眼。

我的脸顿时红了。

我来接我妈妈下班的。我指指我的自行车。

你？他笑了。

怎么？瞧不起我？

没有呀，只是我感觉让你这样娇小的女孩子骑个自行车还带一个人，好像有点残忍。他依然笑着，一双眸子闪闪发亮。

于是残忍的事情没有发生，因为他负责了送我妈妈。

他说我是你妈的同事，送她举手之劳。我说可是你不顺路呀！他哈哈一笑，我有的是力气。我问他为什么会在砖瓦厂工作？这里几乎都是上了年纪的人。他狡黠地一笑说，也许命运让我在这里等你。那句话让我心里像灌了蜜，心想这是不是就叫爱情？想着脸就红了。

日子一天天过去，每一天就像花儿开了一样。我发现一个秘密，他没事的时候喜欢看书，还是英文书。我笑着打趣他，你要当翻译啊？他调皮地皱皱鼻子，一副高深莫测的样子，没准。

一天，我最要好的小姐妹偷偷告诉我，别人给她介绍了个对象，她挺满意的。她拿相片给我看，说让我参谋参谋。我笑着说你都满意了我还参谋啥。拿过相片，我的笑容顿时僵硬，伴随而来的是针扎心房一般的疼痛。小姐妹很诧异我的表情，你怎么了？我勉强挤出一丝笑意，没事，挺帅的，祝福你。

我脑子里乱成了一锅粥，我想找他问个明白。可是我凭什么去问他？他好像没有说过喜欢我。我也没有说过喜欢他。我和他什么也不是，况且，那个是我小姐妹。

几天后，他找到我，他说我想请你看一场电影。我说你搞错了吧。他认真地看着我说，我想请你看一场电影。

我没有拒绝他的邀请，为什么要拒绝呢？爱情都是自私的。

我坐上他的自行车。他说，抱住我，危险。我犹豫了一下，还是把住了车架。

看电影的人很多，大多数是一对对的青年男女。电影播放的是什么我记不起来了，好像是一对跳冰上芭蕾的恋人的爱情故事。而电影的名字我却记忆犹新《冰上情火》。

他温热的体温，他砰砰的心跳，他身上的淡淡烟草味，一切的一切让我脸红心跳，但是我努力维持着少女的矜持。其实只要一个温暖有力的拥抱，就足以让我溃不成军。其实我一直都在期盼，可是他没有。电影结束了，我想我们也该结束了。

回家的路上，我们都没有说话。快到村口的时候他停了下来，他说，我们走走好吗？我点点头。夜很美，月光如织，繁星闪烁，萤火虫提着绿荧荧的小灯笼，它们飞得那么幽雅而恬静。而我们却各怀心事。

没多久就到了家门口。

真快。我们同时说出来。

我说我送你到村口吧，我想看着你走。他说好。到了村口，他说我不放心你，还是我送你回家吧。我说好。不知道他送了我几回，也不知道我送回了他几回。

我多么想这样走下去，永远的走下去。我等着他说爱我或者张开怀抱。可是他始终紧闭着嘴，终于他动了动嘴却吐出两个字："再见。"他眼中的晶莹一闪而过，骑上车头也不回地消失在我的泪影里。

他离开了砖瓦厂，他也没有和我最好的姐妹在一起。他在我的生活里消失了，消失得无影无踪。一段时间我丧魂落魄茶饭不思。妈妈说傻女儿，青春期的恋情是最不可靠的，以后你会遇见更适合你的男孩子，听妈妈的话忘了他。我把那两枚电影票夹进书页放进书橱，对自己说他只是我的一个梦。

再次见到他时，已经时隔多年。

他正从一辆高级轿车里出来。他不再是那个青涩的男孩，他意气风发浑身散发着成熟的魅力。他身边有一个女孩，虽然衣着入时却身材瘦小相貌平平。女孩一脸的幸福，对他有近乎讨好的献媚。我没有上前打招呼，虽然我很想。他显然也看到了我，嘴巴动了一下终于没有出声，女孩挽着他离去了。

翻开书页，两枚电影票依偎着崭新如昨。泪水再一次模糊双眼。是的，我一直无法对他释怀。

很意外，他竟然在公司门口等我，他说我可以请你喝杯茶吗？我毫不犹豫地答应了，为了我心中那个缠绕已久的谜。我要听他的解释，我一定要知道谜底。

幽雅的包间里茶香四溢。我啜一口茶，他静静地看着我。他说你还好吗？我说还好。你呢？看得出来你很幸福。他说是。她很爱我，可是我心里一直没有忘记你。我说那你当年？他说你妈来找过我，她问我拿什么让你幸福？我说我们有爱。你妈就笑了，她说天真的孩子。其实那天请你看电影，我有一个疯狂的想法，只要你说出那个字……可是你始终没有说，甚至连抱我一下的勇气都没有……

原来是我妈。我低下头，任泪水悄然滑落。

他说不怪你妈，是我退缩了，我不敢确定能不能给你幸福。我去了一个电子厂，藏起对你的思念，一边拼命工作一边自学英语。有一次厂里的一台进口机器坏了，机修师傅看不懂英文资料。整个流水线都停下来，货单又急，老板急坏了。我说我来试试吧。我一边看外文资料一边查看毛病，经过半天的检查，这台机器居然被我修好了。从此，老板开始器重我，我没有辜负他，我把厂子弄得风生水起。因为我知道没有实力，什么都不可能拥有。老板就是我老婆的父亲，现在我有了自己的电子厂，也可以算得上事业有成了。

如果……你愿意，我们继续做朋友好吗？他的眼睛依然充满温情，他的笑容依然灿烂。

但是我知道，一切已经成为过去。

街上的灯光闪烁迷离，和天上的星星交相辉映。我拿出那两枚电影票撕碎再撕碎再撕碎，撒手一扬，淡黄的纸屑像一只只飞舞的蝴蝶飞向街道的阴影深处。

寻找伯乐

我和安安是同事。安安的办公桌和我的办公桌靠在一起，两台电脑背靠背。

刚认识安安的时候我忍不住想笑，乍一看他也算得一个帅小伙，细高个，眼睛眯眯的似乎一天到晚都有开心事。但是一开口说话问题就来了，这么个大小伙说话竟然尖声细气的。最让我好笑的是，他干什么事情都喜欢翘着兰花指，后来我发现他走路的姿态也是扭扭捏捏的，整个一“娘娘腔”。

其实我们的工作并不忙，无非就是做做报表，打打资料啥的。所以多数时间比较空闲，空闲下来我除了打游戏聊天就是浏览求职网站。说实话我对眼前的工作太不满意了，整天做这些小事情能有什么前途?

我出生于穷山沟，穷山沟里除了山就是土，除了土还是山。爷爷，奶奶在土坷垃里累弯了腰，最后又被土坷垃掩埋了。爸爸和妈妈在土坷垃里也累弯了腰，最后当然也逃不开被土坷垃掩埋的命运。看着我的爷爷奶奶，看着我的爸爸妈妈，我对自己说我一定要走出去。于是我努力读书，从小学一年级开始一直跑在最前面。爸爸摸着我的大脑袋说，儿子，爸爸这辈子就指望你了。我点点头，爸爸，将来我一定让你和妈妈住进城里去。

我没有辜负爸爸的期望，我一路凯歌，大学毕业。满怀信心地奔走在人才市场，虽然人才市场人满为患，但是我不怕，我是一本生，要不是急着找工作减轻父母的负担，我完全可以考研。但是生活并不是你想顺利就顺利的。应聘屡试屡败，在我口袋里只剩下5块钱的时候，终于进了这家公司。这家公司我当然不看好了，首先公司没有什么名气，再则我的工作没有什么发展前景。一分钱逼死英雄汉啊，先混饱肚子要紧。

我的不少同学都找到了理想的工作，那得感谢他们有殷实的家和基石强硬的父亲。我啥也没有，但是我不相信永远不会有。

“嘎嘎”随着椅子的声响，埋头在电脑前的安安站了起来，他冲我笑笑拿起一大堆材料扭着身子出去了，也不知道他怎么就有那么多事情，出出进进的，似乎永远干不完。我曾经问过他，我说你在这干几年了？他说5年。我说你干着觉得有意思吗？他说有啊，这年头有份工作就不错了。我就没有再和他继续探讨了，对于这种胸无大志的人我是不屑深交的。

我继续在人才市场奔波，希望找到能识千里马的伯乐。很快我就辞职换了另一家公司。这家公司待遇优厚，他们的口号是：业绩就是生产力。于是我们每天都像上紧发条的陀螺，几乎没有自己的闲暇时间。我很满意，这才是我要的生活啊！在这个舞台我的聪明才智得到充分的发挥，业绩蒸蒸日上，业务经理也对我高看三分，就在我踌躇满志的时候，我病倒了——胃病发作，在医院躺了一个星期。手上打着点滴，眼睛望着病房雪白单调的天花板，我的脑袋也空白了。这就是我想要的生活吗？如果我真的倒下了，我的山里的父母怎么办？

病好后我毫不犹豫提出了辞职，虽然部门经理再三挽留，他说你现在走真的太可惜了，你很有潜力的。我笑笑说，身体才是革命的本钱。

由于先前的工作积累，我不太费劲又找到了一家名企，这里的同事举手投足间都透着一份优雅，我感觉好极了，为我的这次跳槽而庆幸。但是没多久，我发现了一个问题：表面平静的竞争更激烈更剑拔弩张，同事们表面上和和气气的，但那眼神冷得让人哆嗦，硬得像刀子，扎得人生疼。我不禁怀念起安安了，安安虽然娘娘腔，但是眼神是善意的，善意到不具备任何攻击力。他存在着又仿佛并不存在，和他在一起很安心。

在这家公司里，我不得不全天戒备，以防暗算。这样的日子我没熬多久就身心俱疲了，于是我不得不再次放弃，另觅新枝。

就在我东颠西跑为一份合适的工作疲于奔命的时候，安安给我打来了电话。

他说要请我吃饭。我很诧异，这不年不节的怎么想起请兄弟我吃饭啊？他说你来了我告诉你。

我应约而去，安安早在门口等候了。让我意外的是，他身边居然站着一位非常漂亮的女子，这女子我认识，就是我第一家公司老板的千金，其实我也曾经对她产生过想法，但是自己感觉配不上她，就不敢抱有幻想了。

安安见到我，赶紧迎上来和我握手，他说想请我去他的公司。

你公司？我有点怀疑自己耳朵出了问题，于是再问一遍：安安，你说让我去你公司？

没错。我们打算成立一家新公司，我看好你的能力，希望你能过来帮忙。不过不许动不动跳槽哦！安安说着翘着莲花指点了点我。

这回我一点也没有觉得安安的举止可笑，走上一步紧紧拥抱了他。

知青秀梅

一大早，秀梅在大门口叫四嫂。

四嫂说进来说。秀梅犹犹豫豫地说不了，和你商量个事。四嫂说，什么事？只管说。秀梅说，孩子缴学费，凑来凑去，还差三块钱……四嫂一听就乐了，就这点事啊，没问题，我这就给你拿去。

四嫂从挂在梁上的篮子里拿了三块钱给了秀梅。

要说四嫂也不容易，老公很早就得疾病死了，扔下她一个人孤零零地守着日子。她很勤俭，拿乡下的口头禅说吃根萝卜干也要算算。要是换了别人跟她开口，不一定会答应。可是秀梅不一样，四嫂拿秀梅当姐妹。秀梅是插队来的知青。村里人都看不起知识青年，说光会嘴皮子功夫，不会干事。秀梅不爱说话，女人们又说她孤傲，也不爱搭理她。四嫂不这样看，秀梅是高中生，就跟以前的秀才差不多，四嫂敬重文化人。秀梅不仅识文断字，还经常义务给村里的孩子们上课。

四嫂空闲时经常去秀梅那串门，拉家常，听秀梅说说外面的事情。秀梅的脾气慢条斯理，从来不发急，人也长得好看。四嫂经常感叹，可惜了这双手，这细细长长的分明是拿笔的手啊，如今却要拿锄头。秀梅笑，没有农民种粮食，手再漂亮也不管用。你这双手也可以拿笔的呀。四嫂也笑，得了吧，我这手啊，搬土疙瘩还差不多，还拿笔呢。下工回来，四嫂一下子懵了，只见装钱的那个篮子滚在地上，里面是空的。她的心顿时也空掉了。早上刚借出了钱，钱就给偷了，这事情也太蹊跷了吧。四嫂翻来覆去怎么也睡不着，她不愿意怀疑秀梅，可是……想不出头绪的四嫂眼泪汹涌起来，这些钱可都是牙缝里省出来的啊！第二天上工，四嫂没有和往常一样主动跟秀梅打招呼，秀梅怯怯地望了她一眼也没有吱声。村里的“大喇叭”马二婶咋呼起来，哟，四嫂，你这是怎么了？眼睛怎么跟核桃似的？四嫂眼圈红了：不知道哪个黑心贼把我家的钱偷了。呜呜……我是好心没好报啊，刚刚借了钱给人家，一会儿钱就给偷了。你把钱借谁了？

秀梅。她说孩子交学费差点钱……你怎么能借钱给她呢？知青没有好人，别看他们一肚子墨水，墨水喝的越多，心肠越坏。马二婶的嘴巴撇到了下巴上。女人们的眼睛都往秀梅那瞧，她们嘴里发出“啧啧”的声音，嘴角也往下巴方向撇。秀梅低着头，只管干活。瞧瞧，不敢吭声，十有八九是她偷的，这叫做贼心虚。呸！马二婶愤愤不平地往地上吐了一口浓痰。女人们的兴致被挑动起来，也纷纷冲秀梅吐口水。秀梅的脸红一阵白一阵，眼泪哗啦一下绝了堤。

她跑到四嫂面前说：不是我……马二婶说，不是你？那怎么就那么巧啊！不是你也十有八九是你和贼串通了！真不是我，四嫂你最了解我了。秀梅求助地望向四嫂，四嫂转过了身子。秀梅掩住脸哭着跑开了。四嫂抹了一把眼泪说算了。马二婶说不能算，你这人就是好说话，你对她那样好，她竟然这样对你。知人知面不知心，那种人心肠黑着呢！马二婶拉着四嫂到了秀梅家，把秀梅家仅有的两只正生蛋的芦花母鸡捉走了。秀梅老公冲上去，被秀梅抱住了。四嫂把鸡捉到家里好生养着，她想只要秀梅来认错，这鸡还还她，毕竟大家都不容易。可是等来等去，秀梅没有来，穿着白色警服的公安来了。四嫂顿时慌了神，想想自个儿没有报警，那么一定是秀梅报了警。四嫂心里一闷，好你个严秀梅，恶人先告状啊！公……公安同志，是这样的，我家的钱给偷了……我就是为这事来的。警察打断四嫂的话。今天所里抓到一个惯偷，他交代说偷了你家钱，我来核实一下。啊?! 四嫂一拍屁股，捉着两只芦花鸡就往向秀梅家跑。

城 府

老王其实并不老，也就三十出头吧。

只不过他衣着简朴，再加上皮肤本来就黑，整天攒着个眉，确实有点老成样。我们办公室的那些年轻同事爱闹，就叫他“老王”。他倒也不介意，叫他他就哎一声。

一到周末，年轻人就兴奋。商量着去哪哪玩，或者旅游，或者购物，或者 OK 厅飙歌。唯独老王一声不吭，有人拉他同去。他低着头说我就不去了，你们玩吧。

多次以后，同事们便不再叫他，彻底把他撇开了。

我有点纳闷，难道他那根年轻的神经真的提前衰老了？

我这个人好奇心很重的，对于一些不可知的事物往往会诱发我浓厚的兴趣。

我不再和同事们出去玩闹，而是留在办公室做事情，或者上网。这样一来办公室就剩下了我和老王。我也不主动和老王搭讪，最多相视一笑。这样过了几天，老王先开口了。

小丁，你怎么也不出去玩了。

没意思，玩玩闹闹时间长了就腻烦了，还不如在办公室待着呢。

他笑了一下，继续做事。

我说你那么拼命，是想攒钱寄回老家吧？

他还是笑了下没回答我。

其实吧，做人真的不容易。我继续我的絮叨，就说我吧，读书时，父母要求一定要考出好成绩；上班了，努力工作，可是不称领导的意，变成牛也白搭。工作没起色，老婆就唠叨，说谁谁谁的老公挣了多少多少钱，唉，烦都被她烦死了。

老王还是没说话。

我走到老王身边拍一下他的肩说：哥们，我今天心里不痛快，咱哥两去喝两杯，就咱俩，谁也不叫。

和我？算了吧。老王继续整理他的文件。我一把夺过来放在桌子上。什么算了，就这么定了。你就当做好事，当我的听众，不然我要憋死了。

那……好吧。

兄弟，来，我先干为敬。小酒馆里，我一仰脖子就先灌下了一杯。

老王犹豫着说不大会喝酒。我说没事，喝酒就图个痛快。今儿个咱们不醉不归。我这样一说老王就有点不好意思了，也一口喝了。

我暗暗观察他的脸色，好家伙一点没变色，看来是深藏不露的高手。

那次我们喝得真过瘾。过后我和老王真的成了哥儿们，经常在一起喝酒。

谁也想不到，三个月后这位默默无闻的老兄竟然被领导提拔当了我们办公室主任。同事们反应很快，在惊诧之余都嚷嚷着替老王庆祝，老王还是拒绝了。

我接到了老王的短信：兄弟，喝酒去，老地方。

这是老王第一次主动约我喝酒，我想人逢喜悦都是需要炫耀的，老王也不例外。

这回他喝得畅快，喝着喝着喝出了满脸泪。

他说小丁，我这才迈出了第一步啊……

有第一步就好，你会成功的。

没多久老王还真的平步青云了，连连升级后成了我们的新局长。当了局长的老王仍然阴着一张脸，不过他阴不阴险和我关系不大了，因为我已经没有资格和他喝酒了。

再次接到老王的电话是五年后，他约我上他家喝酒。

他变白了，变胖了，还有了凸起的啤酒肚。

他的家很普通，并没有我想象的豪华。看来他的节俭已经成为习惯了。

墙角处一口漂亮的玻璃鱼缸吸引了我，里面竟然养着一条蜥蜴。蜥蜴有尺把长，浑身覆盖着细小的鳞片，正鼓着眼睛看我，不时伸一下褐色的舌头。

怎么你喜欢蜥蜴?

他没有回答我的问题，而是递给我一杯酒，是XO。他摇晃了下杯中晶莹的液体，他说兄弟，干。仰起头一饮而尽。

我毫不客气掂起酒杯，正想干，却听到了老王深沉略带沙哑的嗓音——兄弟其实我很羡慕你啊!

切，我这烂泥有啥好羡慕的? 你才让人羡慕呢! 有权有地位。

权? 权是毒瘾啊!

他看着鱼缸里的蜥蜴，像是对我说，又像在自言自语。

第二天，却传来了一个惊人的消息：老王涉嫌贪污受贿，上面已经开始介入审查。再接下来的消息更让我瞠目结舌——老王在家里自杀了!

不知怎么我的脑海里出现了那条被老王豢养的蜥蜴，睁着鼓鼓的眼睛，不时吐一下舌头……我哆嗦了一下，全身爬满了鸡皮疙瘩。

双面琵琶

双面琵琶这小子竟然结婚了。新娘子哪来的？是他从河里捞上来的。

双面琵琶原名许多多，因为打小就瘦得出奇，前后肋骨根根清晰可见，村里人就给他起了个双面琵琶的雅号。许多多成人以后还是且瘦且小，身高不足150，体重不超过80斤。水乡人都识得水性，许多多也不例外，不过打懂事起，许多多从不打赤膊，就算大伏天也是，当然更不会和别人一起去河里游泳了。

许多多名字取得好，可是家里要啥没啥，房子是破破烂烂的土坯房，父母早亡，也没有个兄弟姐妹。不过他勤快，破屋子收拾得干干净净，身上也整洁，给人一种利索感，一点没有农村人不修边幅的邋遢形象。虽然力气比不得人家，侍弄庄稼却是一把好手。他插秧不用秧绳，棵棵秧苗一般高一般大，间隔距离一致，速度还快，让人不服气不行。但是也有人会取笑他：双面琵琶，你庄稼活再好，没有好地也白搭。说这话是因为许多多都三十岁了还没有娶上老婆。媒婆说一个又一个，就是不成。姑娘看见了许多多的模样不是掩嘴偷笑就是气呼呼走人。就在人们都以为许多多会打一辈子光棍的时候，谁也没想到许多多白白捡来了一个老婆。

新娘一露脸，村里人都傻了眼，那叫一个俊啊！高挑的个子，粉嫩的脸颊，抿嘴一笑，村里的男人七魂跑了六魄。男人们眼热得不行，回去看自己的老婆横看不顺眼，竖看惹人厌。直后悔自个儿咋不去河边溜溜呢，让双面琵琶捡了便宜。女人们心眼多，她们觉得很可疑，许多多能娶到这样的老婆，其中一定有隐情，莫不是有了馅，被别的男人甩了，然后投河自尽，然后被琵琶救了？于是一双双眼睛像雷达似的在新娘子肚子上扫射，还别说，那腰围似乎有点异样。这下女人们的心里找到了平衡点。

许多多却整天乐呵呵的，捡了宝似的，洗衣做饭，心甘情愿伺候女人。七个多月女人生下个大胖小子，许多多更加把女人当宝贝一样呵护着。这下女人们眼热了，对着自己的男人数落：你瞧瞧人家双面琵琶，对老婆多好。男人一翻白眼，你也去河里淹一次？女人就跳起了脚，你这死鬼，你巴不得呢。

谁知道好景不长，在一个安静的清晨，女人竟然抱着孩子走了。村里人都为许多多叫屈，一起簇拥着赶到了汽车站。许多多满脑门都是汗，挤进拥挤的人群跳着脚找，竟然把女人找着了。女人看见许多多撒腿就跑，许多多冲上去一把抱住了她。女人满脸羞愧，一下就跪下了，说大哥，今生我对不住你，下辈子做牛做马还你。许多多一把扶起女人说，妹子，你千万别那样说，今生遇着你是我的福分。我知道你放不下那边，要走我不会拦你，这里有200块钱，你拿着。等你安顿好了，回来把手续办了。说完许多多歪过了脸，一颗颗泪“啪嗒啪嗒”掉，在场的女人都抹起了泪，男人在心里暗暗骂他怂。

女人含着泪一转身没入人群，许多多怅然若失地回到家，整个像傻了一样。村里人都劝他，留得住人留不住心，别多想了，想坏了身子骨划不来。许多多冲众人一抱拳说谢谢各位好意，我没事，你们都回吧。人们都唉声叹气地离去了。

许多多摸摸桌子，摸摸灶台，看着斑驳的墙，看着院里咕咕叫的鸡，看着墙边支起的竹竿，那里曾像万国旗一样飘着孩子的尿布，屋里还弥漫着女人的奶香和孩子的尿骚味，这些曾让他多么幸福。泪再一次爬出眼眶，他洗一把脸，咬咬牙拿上锄头上了地里。临近中午，人们都陆续回家了，许多多却不想回去，变成了一道孤独的风景，一道被遗弃的风景。

多多，你快去看看，你家女人回来啦！是隔壁的李嫂扯着大嗓门在喊。“当”的一声锄头落地，许多多飞快地往家跑。可不是，屋里飘出饭香，女人抱着孩子倚着房门冲他微笑哩！

许多多乐了，脸上落满了阳光。

街边义诊

藏书的街道不是特别繁华，也不至于太过冷清。天天老样子。今天好像有点异常，街边一溜排开一排桌子，桌子外一圈放着一排椅子，里一圈坐着一群白大褂。桌子上一人一个血压器。白大褂有男有女，就像一枝枝盛开的白莲笑容可掬。

大清早上街的多数是老人，他们和善的对白大褂们回以微笑，目光却掩饰不住有些疑惑。

白大褂站起来冲老人们点头致意，老人家早上好，请这边坐。

老人连连摆手说不坐了，我得买菜去。

白大褂说，不急，耽误你们一点点时间，我们是特意来免费为人民服务的，免费替你们量血压同时免费给你们健康指导，当然有病也可以治病。

都是免费的？老人们将信将疑。很显然这么多“免费”起作用了。

白大褂真诚地点点头，都免费。

老人们聚在一起交头接耳，免费的，不要钱，瞎看看吧。

一位老人坐了上去，白大褂麻利地帮老人绑上血压器，耳听目测，继而点头微笑，老人家你的血压很正常，脉搏也很好。不过你要注意饮食，尽量吃清淡点。

老人脸上露出笑容，笑容又慢慢收敛有些忐忑。

真不要钱？

不要钱。

老人霎时红光满面，笑容爬满脸颊，谢谢！谢谢！真是好人啊！

真的有不要钱的好事！旁观的老人都跃跃欲试了。又一位老人坐了上去。白大褂也仔细量了血压，眉头皱起来，你的血压很高呀。要吃药。

老人顿时紧张起来，那怎么办？要紧吗？

白大褂一脸严肃，当然严重了，患了高血压……白大褂顿了一下，眼睛盯着老人，老人也正盯着白大褂。

老人家，我可不是吓你，这病可危险了，轻者有可能中风瘫痪，重了嘛，危及生命。

老人的脸有点白，可是听说吃药会吃牢的，那要花多少钱啊？

白大褂和蔼地拍拍老人的手背，你怕吃药有依赖性，这很正常，不过你可以选择别的办法啊，现在医学多先进啊，不吃药一样可以治好病。

老人巴巴地望着白大褂，仿佛那张嘴里能吐出治病的又不用花钱的药来。

真的吗？

白大褂说真的。这是最新研制的专治高血压的膏药，原价五百块十贴，考虑到你们都是老人缺少经济来源，现在只要一百块。包贴包好，永除后患。

老人说真的管用？

白大褂说当然管用。不管用可以全额退款。我们一星期来这里义诊一次。我们会登记你们的姓名住址做全面的跟踪治疗。

老人似乎放心了，摸摸索索掏口袋，掏了一半又放进去。

真的管用？不会是骗人的吧？

瞧你这老人家，我们骗谁也不能骗老人家呀！这可都是为你们好。你不信，不勉强。

我信。看着你们也不像坏人。

老人赶紧掏出钱。

我们当然不是坏人了。帮你登记一下。

别的老人们见状，纷纷坐到桌子前。白大褂们忙碌起来，量血压，登记。大多数老人有高血压，都买了膏药。老人们一脸兴奋，想着讨厌的高血压从此不会威胁到自己时，脸上都绽开了笑容。人越来越多，场面非常火爆，白大褂们更是满面春风。

不知道谁叫了一声，城管来了。好像变戏法一样，白大褂们在一眨眼间消失得无影无踪。老人们你看看我，我看看你，努力从对方眼里寻找答案，最终从别人的眼里看到了茫然的自己。

性别之谜

失踪半年的二木女人回来了，不是一个人，还带了一个人回来。

这个消息就像谁在油锅里撒了一把盐，梅镇顿时炸开了锅。

说起二木的女人，镇上的女人可以撇着嘴拉住你扯上个一天半夜。

这个女人啊你别看她闷声不响的，会偷腥的猫不叫。

二木在外面打工，她就偷汉子，而且偷到了令人咂舌的地步，老头、民工、叫花子，反正啊凡是男人她都要。

啧啧，这回不知道又带回了什么样的男人。

人们咂着嘴往二木家跑。

只见二木家大门敞着，堂屋里坐了一个人，椅子边上靠着一枝拐。噢哟这回摊上一个瘸子了！

瘸子五短身材，脸皮白净，梳着中分短发，眼睛正骨碌碌往外看。二木女人低着头边上站着。

快进来，乡亲们快进来坐。

瘸子俨然主人的架势招呼着。

呸！啥玩意？二木不在家也轮不上你在这里唧唧歪歪吧！

人们没买瘸子的账，但是还是进了屋自己找椅子坐下了，乜着眼看瘸子如何个说法。

各位，我是张家村的张凤英，因为腿脚不方便就一直待在家里。一天，这位女士到了我家门口，问我讨口吃的，我看她可怜，就盛了碗饭给她。看她狼吞虎咽的样子确实饿坏了，我又为她添了一碗。等吃完了我问她哪里人，她却不说。我要送她回家，她直摇头。我不知道她受了怎样的委屈，竟然不愿意回家。于是就先让她在我家住了下来，终于她愿意透露她的住址了，所以我把她送回来了。

这么说你还是好人了？

好人不敢当，我只是做了分内的事情。

我呸！谁知道你干了什么鸟事。

我，我也是女人我能干什么鸟事？

你是女人？骗你妈去吧！你要是女人，她能跟你半年？

你们怎么蛮不讲理呢！瘸子的脸有点白。

我们蛮不讲理？好，今天我们就替二木揍你这个王八羔子。

谁敢！一向少言寡语的二木女人居然拦在了瘸子面前。既然你们容不得我，我走！

二木女人真的搀扶着瘸子走了。

二木怎么会讨到这样的女人哦。呸呸呸！

有地址就好办，当务之急立马把二木叫回来。

一行人来到张家村村委会，问张凤英是男是女？村主任挠了挠秃脑袋说，张凤英的身份证确实写着女啊。

你们会不会搞错呢？

应该不会吧。

什么叫应该？你也不确定对吧？

又不是我经手办的……

那可以验明正身啊。

怎么验？我没有那个权力，这是侵犯人权的。

办法是人想出来的，就不信查不出个子午卯酉丑。

通过各种渠道打听还别说真有了效果：一位目击者说看见瘸子撒尿是站着撒的。还有一位说他和张凤英是战友，张凤英确实是男的。至于怎么瘸的，他就不得而知了。

证据确凿，告他拐骗良家妇女。

可是还没等他们告上去，瘸子和二木女人在电视里出现了——他们在接受电视台采访。

二木女人低着头好像在抹泪，瘸子倒是神采奕奕的样子，他对着镜头说：这位马秀芳女士，虽然不爱说话但是心地善良，她看见叫花子会请进屋让他们歇歇腿，给点吃的喝的；她看见孤老头子会送点衣服和钱；就算一些民工她也会尽自己的可能帮助他们，可是人们却误解了她，丈夫也不理解她。瘸子停顿了一下又说，本来我还有点将信将疑，送她回家后相信了，村里人真的有点偏激，还硬说我是男人。主持人同志，这是我的身份证，你看看帮我证实下，我到底是男是女。

电视台支持人接过身份证还来了个特写：张凤英性别女名族汉江苏省苏州市张家村 8 组

接着主持人拿起话筒说，经证实张凤英女士确系女性，请大家不要怀疑一个善良的人，也请马秀英的丈夫好好善待自己的妻子。

那个瘸子怎么可能是女人？电视台怎么可以凭一张身份证就断定她是女人？梅镇再一次炸开了锅

于是好事者把电话打到了电视台，举出了一系列证据。

电视台很客气说，那好吧，你们把证人找来。

找证人？这还不容易。

找到目击者，目击者说我确实看见了，但是我不敢太确定他是不是在撒尿，我又不好近前看的。

这人说话怎么这么不靠谱呢！幸好还有一位证人。

我确实有一位叫张凤英的战友，但是具体是不是这位，年代久远我也记不大清楚了。

这这这，哪跟哪啊？

梅镇人一个个大眼瞪小眼愣住了。

几天后，二木收到了女人的离婚协议书。梅镇人一把扯住哭咧咧的二木说，还等啥？赶紧接人去！

汪先生

说起汪先生，梅镇上年长点的都认识。但要说汪先生的家世，没几个能说得清。那一年，汪先生带着他新婚的妻子就像一颗蒲公英的种子无声无息降落在小镇上，并深深地扎根，这根不仅扎在了小镇也扎在了小镇人的心里。

公立学校红旗小学的孩子们被告知来了一位新先生——延续私塾习惯，学生们称呼老师为“先生”。这个消息，让孩子们雀跃不已，因为当时物质精神匮乏，孩子们把他们的聪明才智用全都用在了和老师斗智斗勇的较量上，可谓发挥得淋漓尽致。

这一天，天气晴朗，风和日丽，空气里飘满了油菜花的香气。孩子们就像采花的小蜜蜂“嗡嗡嗡”的喧嚣着，抻长了脖子往外看，兜里都揣着各式“见面礼”，就等好戏开场。

校园里的铁皮钟响起，孩子们停止喧哗严阵以待。

但是新先生一进教室，孩子们捂在兜里的小手愣是没有拔出来。这位高高瘦瘦的先生穿着七成新的军装，挺直的鼻梁上驾着一副黑框眼镜，不知道是不是由于军装的衬托，给人一种英姿飒爽的精神气。此刻，先生的目光正透过眼镜片向孩子们扫视，这眼神就像两道闪电，不，确切的说是两发炮弹，狠、准、稳，不容你半点反抗。先生微微一笑，刚毅的脸有了柔和的曲线，标准的普通话在薄薄的唇中吐出：孩子们，我是你们新来的班主任。首先我来介绍一下自己，我姓汪叫汪其睿。说着在黑板上写下自己的名字。

黑板上的这三个字又让孩子们傻了眼，这三个字横如傲天雄鹰，竖如立地苍松，撇如狂风卷沙，捺如遁地狡兔。汪先生放下粉笔继续说，我带过兵，打过战。当兵打仗是为了把小日本鬼子赶回老家。现在我被派到这里，来这里干什么呢？还是打仗，是要带领同学们去攻占文化知识的高地，因为建设新中国没有文化不行。你们有信心吗？

有——讲台下响起了雷鸣般的掌声，吸引了几位先生的好奇，也过来观看。

梅镇人在孩子们的描述中，知道了这个与众不同的汪先生。

汪先生堪称美男子，身材挺拔，面目俊秀，尤其是那口整齐的白牙，张嘴一笑就闪现珍珠的光芒。汪先生的妻子却让所有梅镇人大跌眼镜，这位女子显然是个农村人，五短身材，皮肤黝黑，还瘸着一条腿。可是从汪先生看妻子的眼神中可以看出两夫妻感情很好。

面对人们的疑虑，汪先生讲述了一个感人肺腑的故事。

那一年，汪先生经过一个山村时又冷又饿晕倒了，被一个上山打柴的姑娘看见了。姑娘费了九牛二虎之力才把汪先生背回家，可是当时汪先生冻僵了，滴水难进。没办法，姑娘顾不得女孩家的清誉，硬是用身子的热量把汪先生救了回来。临别时汪先生对姑娘说，等革命胜利了，我一定娶你。这个姑娘就是汪先生的妻子。

好一位有情有义的汪先生！

梅镇人远远地看见汪先生就会和他打招呼，还有人把一些瓜果蔬菜，萝卜干啥的悄悄地放在汪先生的小院里。

日子一天天过去，随着大喇叭的不断咋呼，气氛突然一天比一天紧张起来。人们怎么也想不到，备受尊敬的汪先生居然是被我军俘虏的国民党俘虏兵。人们的神经绷紧了，汪先生的身份可疑，就凭他那么会蛊惑孩子，证明他真的不简单。说不准是暗藏的特务，想从孩子们身上下黑手呢！

这天，天空铅云密布，老天攒着眉，似乎正在酝酿着什么心事。

汪先生抑扬顿挫的讲课声从教室里响起，一群戴着红臂章的人气势汹汹地跑来，为首的一甩手，把特务汪琪睿抓起来！孩子们惊恐地睁大了眼睛。

汪先生手一挥，慢！别吓着孩子，我自己会走。回过头温和地说，同学们，你们自己复习课文。说完迈着稳健的步伐昂然走出，人群竟一时呆愣了，待汪先生走出后才幡然醒悟，闹嚷嚷跟在后面。

汪先生被扒去衬衣，让人惊奇的是汪先生皮肤细腻，没有一点战争留下的痕迹。打战能不受伤？这就是问题。汪先生被押上街道，戴着又尖又高的纸皮帽子，一双手被涂满了墨汁。

头目喊着，举起你的黑手，说你是特务，是国民党暗藏的黑手。

汪先生坦然一笑说，我不是。

“啪啪。”汪先生白净的脸上挨一通结实的耳光。汪先生感觉嘴里有咸咸的东西流出，吐一口在手心，血唾沫里竟然躺着两颗牙齿。从这一刻起，汪先生闭了嘴，任凭他们折腾，送去关牛棚，汪先生再也没有说过一句话。

妻子看见汪先生被折磨得不成人形，难过得眼泪啪嗒啪嗒掉。汪先生看着妻子，爱怜地说，放心，我不会有事，你好好保重等我回来。

这种日子还是死了好！同室的一个小伙子脑袋使劲撞着墙。这位小伙子因为俄语说得好被扣上了间谍的帽子，大好的前程就此断送，小伙子沮丧得一直想自杀。汪先生递给他一支烟，汪先生说，夜终会过去，生命是等待的本钱。好好珍重，你的路还长着那。汪先生一脸坦诚，消瘦的脸上挂着微笑，眼睛望向夜空，漆黑的天空，繁星闪烁。

荒诞的岁月被春风抹去，汪先生回到了阔别的家。第二天，汪先生就又站到了讲台上。

可能是因为愧疚吧，梅镇人对汪先生更加敬重了。而汪先生又变得善谈起来，他说的最多的是抗战时候的故事。当有人说起谁谁谁那时候打过他，汪先生淡然一笑说忘了，忘了。还有人问汪先生，那时候你的身体那样差，现在怎么啥病也没有了？汪先生再次笑了，他说也许我的病在那时候都生完了。

空　位

因为太想儿子了，他决定上城里。

他挑了最好的土豆装进蛇皮袋，儿子小时候最爱吃红烧土豆了。那小子，吃饭就像一头小牛。

去之前他给儿子打了个电话，大来看你好不好。儿子顿了一下说这阵子都很忙。他说没事，你忙你的，我自己过来就好。儿子说那好吧，你下了火车上 58 路公交或者打出租到幸福小区下，问一下门卫 C 幢 B 单元 803 室。对了城里有红绿灯，看见红灯就在路边等，看见绿灯才能过马路。他说中，记住了。

没想到城里的公交车这样漂亮。他肩上斜挎着一个人造革黑包，右手提了蛇皮袋惴惴不安地踏上公交车，说同志买票。司机乜了他一眼说，自己投币一块钱。他以为自己听错了，多少？一块钱！哎。他开始翻口袋，摸出一个硬币，投这箱子里？对。当，硬币掉下去了。他笑了。张望了一下，找了一个靠窗的空位坐下来，他把蛇皮袋塞进椅子下面，然后将后背惬意地靠在椅背上。

透过明亮的车窗玻璃，他看见高高的看不见顶的楼房。他感觉有点眼晕，这城里真好啊！想起自己的儿子也是城里人了，他从心里冒出自豪。

小时候，儿子望着大山问：大，大山外面是啥？他说是大城市。儿子又问，大，城市里有啥？他说有高楼，有看不见泥的大马路。儿子说长大了我要去城里。他摸着儿子光光的后脑勺说有志气！

那一年，儿子拿着大学通知书兴奋地叫：大，我考上了！我考上了！他说好小子，大是就是砸锅卖铁也要供你！他起早摸黑拼命干活，为了儿子，累着幸福着。四年后，儿子打来电话说，大，我找到工作了，以后你别太劳累，我会寄钱回来的。他笑着说你大有手有脚不用你寄钱，你好好攒着，将来娶媳妇。去年，儿子再次打来电话说有对象了，但是女孩不愿上大山里来。他说那是，谁愿意上大山啊，你们好好的就好。说这话他的心里却有了隐隐的失落。再一想，你个老家伙，儿子过得好你还有啥不满意的？于是又笑了。

车子在一个站点停了下来，这一站上来很多人。

汽车喇叭里响起一个亲切的女声：乘客朋友们，现在是上车高峰，请主动往里边走。请给需要帮助的人让个座，谢谢！

他把身子往里边的位子移了下，空出外面的位子方便别人就座。奇怪的是人们似乎都看不到那个空位的存在，宁愿费劲地站着。

他纳闷地往人群望，有一个小女孩刚好转过头瞟了他一眼。这个小女孩七八岁模样，紧紧靠着她的妈妈，小小的身体因为把持不住平衡，时不时东倒西歪。妈妈努力地拉住她。

他的心里涌起一股怜惜，赶紧站起来，冲小女孩招手，快和你妈妈来这边坐。

小女孩看看他皱起了眉头。他估计小女孩听不懂他说话，就对小女孩边上的大人叫，喂，快带你的孩子来这边坐。大人低下头，宝宝去坐吧。小女孩摇摇头小声说：不要。那人太脏了。

他的脸腾地红了，自己真的有那么脏？他低下头开始检视自己，脚上一双破旧的解放鞋满是尘土；衣服，袖口上污漆漆亮光光的，隐隐散发出一股酸臭味。衣服确实好久没洗了，他一个人，除了晚上上炕睡觉，整天在地里出力流汗，洗了也白搭。在乡下没有人会介意，但是现在很显然自己的邋遢形象和干净的城市太不协调了，说难听点他简直就像米饭上突然落了一只苍蝇。

他不由自主地蜷缩了身体，他想自己要真是一只苍蝇倒好了，哪个角落里一趴谁也看不见。可他不是，他那样突兀地占着公交车的位子。

五分钟后，他站了起来，从包里翻出一条毛巾，干净的毛巾。这是儿子买给他的，一次都没有舍得用过。他把毛巾展开仔细地将椅子擦了一遍，然后拉出椅子下的蛇皮袋往车后走去，他走过，人群自动散开，有的还捂住了鼻子。

他始终低着头，他感觉后背麻麻的，他知道击中他的是目光——城里人的目光。

终于车停了，他抬起脚……

谢谢你，爷爷。

是和他说话吗？他愣住了。转过身看见那个小女孩一双晶莹的眸子。小女孩说你是个好心的爷爷。

那一刻他想哭，他想拥抱小女孩，他想抽自己几个大嘴巴子。

当然他什么也没做，他笑着冲小女孩挥挥手下车了。

他没有去儿子那，而是去火车站买了返程票。坐在返程的列车上，他蔫头蔫脑地看着脚下同样蔫头蔫脑的蛇皮袋，他想，要是真去了儿子那，会不会也给儿子带去难堪？也许他这次贸然进城本身就是一个错误……想着想着他的眼里噙满了泪。

刷卡时代

每当谢小兵走进办公室，我们眼前就会有非常耀眼的感觉。你看他头发金黄的，T恤粉红的，牛仔裤黑色的，皮鞋五彩的，晃着两条长腿仿佛随时都能蹦跶起来。

坐在他对面的杨阿姨是最看不惯他的，用她的原话说——这哪像公司职员，要不是口袋里揣着一张本科文凭，和街头小混混有啥两样！

对于自己的形象，谢小兵是相当满意的，时不时在可以反光的地方照一下，吹着口哨捋捋飘在额前的几缕长发。

还没到下班时间，他就打起了电话：喂，大嘴，今天晚上怎么样？安排哪？小金龙酒家KTV，你小子在那办了VIP卡，不错不错，还有谁去？狗仔，猪头，细妹，咪咪，行我一准到。

杨阿姨听见了就取笑他，你小子像赶场子似的，累不累啊！再说了，你这么折腾还想不想攒钱娶媳妇了？

谢小兵一边噼里啪啦敲打着键盘，一边说：老杨同志，真的怀疑你是不是生长在蛮荒年代。钱是干什么的？钱就是用来花的。怎么开心怎么花。你看看人家外国人，今天花明天的钱，过得多滋悠。

你就忽悠吧，今天还能花明天的钱？杨阿姨撇起了嘴巴。

老土了吧，你瞧瞧这。

谢小兵从口袋里掏出钱包，抖开。

杨阿姨嗤地笑了。就凭你空荡荡的钱包还想今天花明天的钱？

谢小兵钱包里只躺着一张可怜巴巴的百元大钞。

老杨同志，拜托你别一味向钱看好不好？你看看这一层层一张张，硬邦邦挺括括的是啥？

不就一些卡吗?

对头。我的老大姐啊，这卡就是钱。我就是靠了这些卡才能维持我阳光健康美满幸福的型男生活的。谢小兵说着把卡一张张抽出来——健身卡、洗浴卡、美食卡、积分卡、购物卡、银行卡、借记卡、VIP 卡。

你别小看这些卡，不但能刷卡消费还能打折，积分换购，比你掏现金划算多了。打个比方吧，咱们上饭店吃饭，你付现金花 300，我用卡打 88 折，不是省了好几十块?再加上持卡消费还免费送两瓶啤酒啥的。总之一句话花得越多越划算。所以啊，我们哥们之间都喜欢拼卡，今天拼你的，明天拼我的。您那，赶紧把现金换成卡吧!

杨阿姨听得一愣一愣的，想了半天还是摇了摇头，我还是感觉钱包里装着现金来的踏实。

咳，不和你胡掰了，思想落后观念老土，您那就当金钱的奴隶吧。

谢小兵鼠标一动又上了淘宝网。

杨阿姨你看，这件衣服怎么样?酷吧?还便宜，外面店里这衣服至少得 500，网上 380 就搞定。

网上的东西，光能看又拿不下来。

啥拿不下来?明天这件衣服就到我手里了。我只要鼠标一点，就买下了。

怎么买?拿啥买?

卡呗。用卡就能在网上买衣服。不光是衣服，只要是网店有卖的都能买。怎么样，卡比钱好用吧?

杨阿姨摇着头说我感觉还是有点玄乎。

第二天，快递真的把衣服送了过来。杨阿姨说没见你付钱，衣服怎么就送过来了?

谢小兵笑得差点把刚喝下的咖啡喷了。

谁说我没给钱啊?昨天就给了，用卡。

杨阿姨挠着脑袋说：现在的道道真的搞不清了。

你不接触，接触了就慢慢搞清了。这样，你在网店看有没有你喜欢的东西，喜欢我帮你买下来，按照网上的价钱你付给我就行。

真能这样?那我试试。

杨阿姨将信将疑地试着选了一个拖把，那个拖把杨阿姨在商店看过，标价 198 元，网上竟然只要 98 元。

很快东西就送来了，杨阿姨说真的只要给 98？谢小兵说当然是真的。杨阿姨掏了 98 块钱，心里乐开了花，看来这网上买东西还真的划算呀！

后来杨阿姨迷上了网购，经常让谢小兵帮着买。买多了摸出了门道，原来谢小兵那样热心是有目的的，用他的卡买东西，他的卡能积分，这积分能换成钱，过年还有奖励啥的。

凭啥便宜那小子。

于是，杨阿姨也自己办了卡，这下又方便又实惠。慢慢慢慢杨阿姨钱包里的卡越来越多了，打开钱包竟然和谢小兵一样插满了林林总总的卡。

一天，杨阿姨逛街突然内急，好不容易找到一家装潢豪华的公共卫生间，刚想进去被一位老婆婆挡在了门外。这里要收费，每次两块。杨阿姨习惯性地掏出一张银行卡：刷卡。老婆婆冲她直翻白眼，刷什么卡？你耳朵有问题？两块钱！杨阿姨赶紧翻钱包，一翻，傻眼了。钱包里全是卡，一张现金也没有。幸好边上一位来如厕的朋友救了她的急。

杨阿姨抹着一脑门的汗轻声嘀咕：看来这卡也有盲区啊！

死亡邮票

初春，四年一次的邮票交流会在河南城的丽皇大酒店召开。这是全国性的邮票交流会，历时七天，是邮票爱好者的盛会。在这里他们可交流经验，可以参观私人收藏，看到珍版孤品。甚至可互换邮票，淘换到自己喜欢的邮票。如果好运的话，会找到自己套票中缺少了的那张。因此，邮票交流会很受邮票爱好者和一些收藏家的推崇。

刑警李强也参加了，他当然不是去参观邮票的，他手里有案子要办。

这次展览的一套无齿《熊猫》印错版和三张邮票相当珍贵，可以说价值连城，一共六枚。三个月前，拥有这套邮票其一的三个人相续被杀，邮票也不翼而飞。很显然这三起命案是与邮票有关。于是，这套无齿《熊猫》印错版被称之为死亡邮票。

李强亲自带队侦察。可是作案人有很强的反侦察能力。三个月来没有一点实质性的进展。正当他心烦意乱时。碰巧看到新闻联播中报道邮票交流会，电视画面中竟然出现了三张无齿《熊猫》印错版邮票。他心中一喜，猜想凶手可能会有所行动，就向局长申请混入交流会。

经过一天的调查，李强有很大的收获。那三张邮票的拥有者分别是丽娜、赵民和田三。丽娜对邮票不感觉兴趣，她感觉兴趣的是钱和帅哥。而她又长得好看，追她的人当然不止一个，眼前狂追她的是赵民、田三和刘伟。

面对众多的追求者，她挑花了眼，不知选谁好。于是，她想出了一个主意。也不知从哪找来了一个软件，叫追求她的人都装在电脑上。那软件不但能视频聊天，还能做游戏。她把自己的靓照做成图片和其他一些图片放在一起，并编上编号。晚上她边和追求者们聊天，边把那些编了号的图片，在软件上快速滚动播放十分钟。然后，她随意说出一个号码。让人说出那上面的图像，谁说的最清楚，第二天就和谁约会。如果是多个人都说得清清楚楚。她就会再随口说出一个号码，直到剩下一个人为止。

晚上，李强早早地进入丽娜的聊天室。通过视频，细细地观察丽娜，却没有发现任何异常。

聊天室里，丽娜停止了跳舞。开始做游戏。李强没有参加，他在分析案情：这交流会就要结束了。凶手如果要动手，也就在这两天。一定要严密监视并保护好赵民和田三和丽娜。他们哪个都有可能是凶手，也可能是凶手下手的对象之一。

突然，李强想起了什么，在聊天室名单里查找起来，意外的是田三竟然不在聊天室，田三是丽娜忠实的追求者，按理，这个时候他是不可能离开的。李强觉得事情很蹊跷，起身向田三的房间跑去。

敲了半天门，里面没有动静。李强试着一推门。门虚掩着，应声而开。

屋内亮着灯，田三趴在床上，一动不动。

李强感觉到不妙，上前一摸。田三已经没有了气息，但是身体还是热的，他脖子上有一道细细的勒痕，应该是刚刚被人勒死。

凶手，会是谁？

带着满腹狐疑，李强继续监视丽娜的聊天室。

丽娜的聊天室人气旺盛，气氛热闹。赵民独占花魁，出尽了风头。

不对。少了田三，应该还有刘伟，刘伟人呢？

李强正在狐疑之际，发现赵民也停止了说话，一直沉默。李强再次感到不妙。春风得意的赵民怎么会在这时候突然消失呢？

等李强跑到赵民房间时，赵民和田三一样被勒死在床上。

李强气急败坏地打电话质问当地警方，为什么没有派人保护赵民？当地警方回答说派了。李强心说，我就在这，怎么没看到人。刚要发火，却见一个警员走了过来。

“怎么回事？你刚才做什么去了？”李强劈头就问。

那个警员愣了一下，见李强拿出警长证，忙说：“刚才发现有人影一闪，又快速跑出去了。我觉得可疑，就追出去，结果被他逃脱了。

李强跑到丽娜房门外，一位警员正向这边跑过来。李强问他刚才做什么去了。警员说，他见到一个人影一闪就没了。他追过去，追上了一个叫刘伟的人。他说他是来看丽娜的，见有警察在，就离开了。警员还补充说，刘伟真的迷上丽娜了，一晚上来了两次，每次都鬼鬼祟祟的，让他追了两次。

李强一愣，忙伸手去推丽娜的门。在他的惯性意识里，丽娜已经被杀，房门是虚掩的。

但是，丽娜的门没有被推开，看来里面上了锁。

李强想了想，抬手敲了敲门。

门开了，丽娜走出来。看到李强，笑了笑说："李哥，想和我约会，就去做游戏。"李强笑了一下，摇了摇手。亮出证件说："丽娜小姐，田三和赵民被杀了，现在拥有死亡邮票的六人，死了五个，唯独你到现在还安然无恙，而且站在门口的警员被人故意引开了两次，说明你有时间可以打开房门，出去和回来。因此你的嫌疑无疑是最大的，请你配合我们调查。"

丽娜惊讶地说："什么？田三和赵民被杀了？我的嫌疑最大？难道我没有遇害就是杀人凶手了？你们警察就是这么办案的吗？"

通过局里的调查，丽娜的身份明朗了。

丽娜，孤儿。根据资料显示，她爸曾是一位邮票收藏家，她爸妈死于一场车祸。她爸曾经拥有过全套的死亡邮票，死后邮票下落不明。

面对李强的审问，丽娜显得很镇定。一口咬定没有杀人。

虽然丽娜有杀人动机，可是，李强却拿不出足够的证据证明她杀了人。因为她没有作案时间，被害人死时她正在和别人做游戏。虽然田三和赵民被害时，楼层监控拍到了一个酷似她的背影，但是不排除凶手和她长相相似，况且录像显示的时间，正是她和别人聊的最欢的时候。更重要的是，没有找到凶器。最后丽娜因为证据不足而被释放。

次日，北京首都国际机场出现一对手挽手的青年伉俪，他们正是刘伟和丽娜，机场大厅传出播音小姐甜美的声音："各位旅客注意了，飞往美国的 C8883 次航班即将起飞，请旅客朋友准备登机。"

两人相视一笑，走入等待登机的人群。刘伟和丽娜拿出签证。

“对不起，丽娜小姐，你们涉嫌杀人，请跟我走吧。”李强不知道什么时候站在了他们面前。丽娜说：“你没有证据指控我也没有理由扣留我们。”李强微微一笑说：“我们当然有证据。”丽娜耸耸肩说：“好吧，我倒要看看你们拿什么指控我，如果拿不出证据，耽误我登机，我会投诉你们的。”李强说：“别激动，跟我走吧。”

警务室里，李强说：“丽娜小姐，是您自己说，还是由我来说。”丽娜说：“要我说什么，我没有作案时间，也没有作案凶器，等你们找到证据再来找我吧。”李强说：“作案凶器就在你头上。你的金色丝带中暗藏一根锋利的细钢丝，而刘伟是你的帮凶。”丽娜一下子瘫坐在椅子上，“你是怎么查到的？”

“其实我们释放你是欲擒故纵，你的一举一动依然在我们的严密监视中，别忘了我也有一套你的聊天软件，我又拷贝了一份。在释放你以后，我安装在电脑上的那套软件被神奇地销毁了，经过专家研究，那套软件里有木马病毒，只要电脑装上后，就会完全被控制。在交流时，你用美色把人留在电脑前，刘伟就通过木马修改电脑时间，把时间提前十分钟。当聊天结束，真实时间是九点五十。你走到杀人现场时正好十点，和电脑上离开的时间相同。你作案那两天跳舞是录好的。因为你只跳那几段，那么多人要换舞，等你换舞时，肯定会符合某个人的要求，这样就制造了你不在场的证据。”

“精彩。那我的作案动机呢？”

“报复。你父亲曾经是那套死亡邮票的拥有者。你父母在一次拍卖会上如获至宝地拍到一套《熊猫》印错版，共6枚。谁知道不久就出了车祸，邮票也离奇失踪，从此你变成了一个孤儿。”

“他们都该死！”

“你太极端了，你没有证据证明你父母遇害和邮票的现在拥有者有关，你却残忍地杀害了他们！”

“别说了！我认罪。”丽娜伸出了双手，眼睛看向李强。“但是……我希望你能查清楚我父母的真实死因，我想你一定可以。”

李强郑重地点了点头。

折翼的天使也能飞翔

女孩出现在舞台的时候，吸引了所有人的目光。

女孩身着洁白的纱裙，她肌肤白皙，五官精致，乌黑的头发高高挽起，她的笑容清新而自信，镁光灯下，宛若一朵盛开的白莲。

人们都好奇地注视着这位坐在轮椅里的女孩，要知道这是一档舞蹈节目，难道那女孩是一位特别的观众？

主持人将麦克风递给女孩，女孩擎着麦克风娓娓讲述了一个催人泪下的故事。

她曾经是个健康活泼的小女孩，从小对舞蹈有着独特的天分。那修长的双腿是老天送给她的最完美的礼物。她似乎生来就是为舞蹈而生，只要双腿舞动，她就是最快乐的精灵。她是父母的掌上明珠，为了让这颗明珠更加璀璨，父母将她送去了舞蹈学校。

在音乐的海洋里，女孩旋转旋转，就像一只翩翩起舞的小蝴蝶。

这一切终止于一声刺耳的汽车刹车声。

女孩醒来的那一刻感觉到了身体的异样，我的腿呢？我的腿在哪?!

流泪的母亲抱住她，孩子，坚强点，一切会好起来的。

她的脑子一片空白，她不明白好起来代表着什么。

直到母亲为她买来一架轮椅，她才明白“好起来”只是能活着，一辈子和轮椅为伴。

为了避免刺激她，父母杜绝了一切音乐的播放。给她买来了很多残疾人的励志故事书。她咆哮着将书本撕烂，你们给我这些有用吗？能长出我的腿吗？能让我跳舞吗？

母亲惶恐地搂住了她，对不起，孩子，都是妈妈的错，妈妈没有照顾好你……

她粗暴地推开母亲，你现在说这些有用吗？有用吗？如果你还爱我，就不该让我醒过来！我不要这样活着！不要！

母亲的泪一滴一滴滑落，孩子，你失去的只是双腿，如果你没了，妈妈失去的是心爱的女儿。你让妈妈靠什么活下去？

她打了一个激灵，眼光不由自主看向母亲。

憔悴而苍白的脸泪痕道道，红肿的眼睛慌乱而无助，杂乱的头发隐隐闪出银丝，瘦削的肩膀因哭泣而耸动，这是曾经秀美的母亲吗？她的心突然痛了。

于是她假装安静，默默吃饭，默默活着。她知道，快乐从此不再属于她。

一天，母亲兴奋地跑进来，手里拿着一封信。

孩子，你又能跳舞了！

她对母亲的话不以为然，妈妈，你就别哄我开心了。

是真的，你看。母亲颤抖着手把信递给她。

她将信将疑地把信展开：你好，现在有个体育项目叫轮椅舞蹈。如果你热爱舞蹈并且有足够的信心和耐力，我们就能重新点燃你舞蹈的梦想！

这是真的吗？我真的还能跳舞吗？她把信贴在自己的心口，听到了心的狂跳。

妈妈使劲地点头，真的，宝贝，你真的还能跳舞！

那天晚上她抱着信不敢睡着，怕睡醒了是一个梦。

第二天她迫不及待地和妈妈一起去报了名。舞蹈中她重新快乐起来，舞蹈中她重新获得了新生。

她在日记本上写下——我庆幸我没有放弃生命，原来世界上最可怕的事情不是失去，而是放弃。

音乐响起，女孩和她的舞伴配合演绎了一场缠绵悱恻的爱情舞蹈，女孩在轮椅中旋转旋转，轮椅和女孩完全融为一体……

冰糕的诱惑

轻轻剥开一层漂亮的花纸，雪白雪白的冰糕就露出来了，用舌尖舔一下，冰冰的，滑滑的，那甜直往心窝子里钻。

小红经常会举着冰糕在我面前吃，她说要不要尝尝？我撇一下嘴，说我不爱吃那东西。其实我太羡慕了，并且在心里无数次的想象，然后咕噜咕噜吞咽自己的口水。

因为爷爷突然去世，5 岁的我被送到了外婆家。

当时我的三个舅舅和一个小姨都还没有成家，外公教书工资微薄，外婆家的生活也是捉襟见肘。外婆一边带我一边干些杂活贴补家用。外婆很忙，基本没有时间来抱我。我忍不住想我的爷爷，要是爷爷在世，说什么也会买一支冰糕给我吃的。

我偷偷抹泪，强烈的落差感让我失落，甚至有一种寄人篱下的感觉。在别人眼里我非常乖巧懂事，其实我是把自己封闭起来，郁郁寡欢。

怎样才能得到一支冰糕呢？我不停地想着一个个办法，甚至想好了怎么跟外婆说，可是看到外婆严肃的脸，我就放弃了。明的不行，来暗的。一个罪恶的计划在我小脑袋里酝酿。只等机会。

机会终于来了，外公出去了，外婆和我一起午睡。我闭起眼睛假装睡着，盼着外婆熟悉的鼾声响起。天真热啊！今天也许是夏天最热的一天。太阳火辣辣的，连云也不知道躲到哪里凉快去了。我感觉躺在一只热锅上，外面知了叫成一片，知了——知了——听着听着，我发现知了的叫声怎么那么像冰糕——冰糕——

外婆好像睡着了，鼾声均匀。我故意翻了个大大的身，外婆一点反应也没有。我暗自高兴，轻手轻脚爬起来，走到柜子前，我感觉心“咚咚”“咚咚”跳得响得要命，比外婆的鼾声还响。我回过头望望外婆，外婆连睡姿也没有改变。我轻轻地拉开抽屉，尽量不让抽屉发出声音来。钱包。外婆的钱包就躺在抽屉里。我以最快的速度抽了一张。

到了外面，我把那张可爱的钱展开，可是那张钱好像对我一脸怒气的样子，那样子又幻化成外婆生气的脸。我慌了，停下了脚步。那是一张五元的纸币，我不知道五元钱可以买多少东西，不过我知道一定可以买到一支冰糕。于是我笑了，把钱紧紧地揣在手心。我不时回头，担心外婆会追出来，我飞快地跑起来。

街上有很多卖冰糕的，我在最近的一个摊上停下来。我望着那个漂亮的小木箱，却犹豫起来。小木箱被固定在自行车书包架子上，盖着小被子，小木箱里肯定躺满了一支支诱人的雪糕。

卖冰糕的冲我微笑，小朋友吃冰糕啊？我说我看看。买冰糕的马上现出一脸不耐烦，去去去，一边玩去，没钱看什么看。我的脸一阵阵发红，谁说我没钱了？喏，给你钱，我买一支冰糕。卖冰糕的接过那张被我揣的有点湿漉漉的钱，满脸诧异。小朋友，是你家大人让你买的吗？我顿时紧张起来，嘴巴里含糊地说是。好在那人没再说什么，找出好多零钱找给我，当然也给了我一支冰糕。

我迫不及待剥去冰糕外面的纸，一口含进嘴里，那凉让我打了个激灵。我没有时间慢慢品尝，我要以最快的速度把冰糕融化进身体里，然后若无其事地回家，假装睡觉。

卖冰糕的眼睛一眨不眨看着我，那眼神像两颗子弹击中我的脸。我的脸顿时火辣辣的，赶紧转身离开钻进了离家不远的树丛。

冰糕很快在我嘴里融化，变成一根光秃秃的小木棍。我对着小木棍发呆，冰糕好像不是我想象的那样好吃。我开始后悔起来，我担心外婆知道了会把我送回家。送回家就意味着会被一个人关在屋子里——家里静悄悄的，只有几只老鼠在追来追去，还不时冲你挤眉弄眼，这对我来说太可怕了。

天色渐渐暗下来，我听见外婆在叫我，我不敢答应。四处好像都有狰狞的眼睛在看我，随时要把我吞噬掉。蚊子开始围着我飞舞，它们锲而不舍地把细细的嘴巴刺进我的皮肤。没多久，我的脸上胳膊上腿上全都是它们的战果。我开始哭起来。

外婆循着哭声找到了我。在看见我的刹那一脸的焦虑化成释然，她一把抱起了我。泪水爬过外婆的脸，外婆说你这孩子，吓死外婆了。我也大声地哭了，原来外婆是爱我的。

事后，外婆并没有责罚我，但这件事深深刻进了我的心里，那种躲在阴暗处的惶恐和后悔至今难忘。

挖　树

机会终于来了。这个计划在栓子心里酝酿已久。

栓子是一个农民，栓子和别的农民一样有不少地。可是栓子的地里不种庄稼，栓子在地里面种上了各种各样的树。那些树在不同的季节都会开出不同的花来。

栓子不但自己家种树，也动员别人种，他说现在外面的绿化可重视了，种树比种庄稼来钱。说来种庄稼真的既不来钱又累人。栓子不愧去过城里，见多识广。不少人听了栓子的话也种了树，这样栓子村里的树木就相当可观了。栓子不傻，他知道只有形成一定的规模，树木才会有销路。

栓子很幸运，因为他遇上了贵人。那位贵人名叫王大鹏，是专门承包绿化工程的。

靠着王大鹏栓子也骑上了雄赳赳气昂昂的摩托，和王大鹏的车子一样。骑上摩托的栓子更加感觉比别人高了一头。可是没多久，栓子从村里人的眼睛里读出了另外一层意思。那层意思让栓子如针芒在背，相当的不舒服。栓子在心里骂，你们这些兔崽子就是眼皮薄，见不得别人好。可是心里的别扭却像扎了根似地，越来越茁壮起来。静心想想老婆真的值得怀疑，这婆娘好像对那姓王的特热情，那笑分明有着暧昧。

晚上睡觉时候，栓子想和小梅亲热，小梅竟然推开了他。栓子气呼呼地说以后离姓王的远点！小梅给他个后背，没理他。

栓子把小梅的身子扳过来，小梅闭着眼睛不看他。

栓子说不理我了是吧？觉着我没有姓王的好了？

小梅睁开眼睛狠狠地剜了栓子一眼，你无聊！

栓子跳了起来，是。我无聊！我忙着帮人家挖树，没准人家在我家里挖我的树！

没有证据，栓子拿老婆没有办法，可是心里的疙瘩像冬日里小孩子滚雪球般越滚越大。表面上栓子依然对王大鹏忠心耿耿，就像王大鹏身后的一条狗。也许王大鹏就把栓子当成了一条狗，栓子明白自己是一只狼，只要逮准时机就会亮出他的利齿把对手撕个粉碎。

王大鹏上海的工地开工了，要亲自去指挥现场。

他把看树挖树的事情都交给栓子夫妻俩。栓子说大哥你放心。小梅说大哥你在外面自己多注意身体。王大鹏冲小梅一笑说我会的。在栓子肩上拍了一下就走了。栓子的心一阵阵泛酸。瞧瞧，多体贴，就像小两口告别似的，还把我栓子放眼里吗？这股子醋意更加催生了栓子的恨意，栓子暗暗握紧了拳头。

栓子干完手头的事情，直奔王大鹏家。王大鹏的老婆正在担水浇树苗。女人瘦弱的身形和水桶形成极大的反差，头发有些凌乱，她抬手撸了一下，露出略显苍白的脸。细看这张脸虽然不年轻了，但是眉眼之间透着娟秀。如果说老婆小梅是一朵娇艳芬芳的红玫瑰，那么眼前这个女人是一朵素雅的茉莉。

栓子抢上一步，嫂子，我来。女人说这怎么好意思。栓子说嫂子你这就见外了，我栓子有今天还不是全仗着大哥。栓子卖力的干完所有活，就告辞回家。女人说，辛苦你了，吃了晚饭再走吧。栓子说饭就不吃了，以后有机会吧。这点小活累不到我，以后有事只管叫我。大哥不在家，地里的活就包给我了。女人说你真是好人。栓子笑笑，心里说我是好人？我他妈的就是一条大尾巴狼。

栓子正在按自己的计划进行。这叫欲擒故纵，他不但要挖掉狗日的王大鹏的女人，更要挖掉女人的心。他要以牙还牙，让王大鹏尝尝被别人挖掉女人的滋味。这些天来自己所受的耻辱也要通通的一点不留的还给他。

栓子几乎天天去王大鹏家帮忙，女人总是安静地和栓子一起干活，有一搭没一搭的说说话。栓子从女人眼里看到了信任和依赖还有淡淡的忧伤。这个女人就像一眼清泉，虽然不张扬却能沁入心扉。让人不由自主地产生怜惜。栓子有点不忍心了，伤害这样的女人自己简直禽兽不如。可是想到王大鹏想到自己的老婆小梅，想到村里人意味深长的眼神。栓子的恨意又占了强势，驱逐了所谓的良心。

这次活干的有点晚，女人说什么也要栓子留下来吃晚饭，栓子感到火候差不多了就半推半就答应了。

女人炒了几个小菜一一搬上桌子，番茄炒鸡蛋，蒜苗炒蚕豆，红烧鲫鱼，青菜炒香菇，还有一碗红烧肉。每一个菜都色泽艳丽冒着袅袅香气。栓子说大哥好福气，娶了嫂子这样好的女人。不但人漂亮，连菜也做的这样好。女人脸上有了红晕，弟妹可比我漂亮多了。栓子叹一口气，漂亮是漂亮，不怕嫂子你笑话，她的心不在我身上，还不如嫂子你对我热乎。女人说可不能这样说，女人是需要疼的。栓子说有酒吗？我想喝点。女人说有。

女人拿出一瓶五粮液。栓子说这酒太名贵，我可消受不起。女人说是别人送的，你大哥不喝酒，放着也没人喝。说着给栓子斟了一杯，栓子抿了一口说嫂子你也陪我喝点。女人说好吧。女人喝了点酒，脸色红润起来。

栓子把一杯酒一饮而尽。女人又给他斟了一杯，说你慢点喝。栓子说嫂子你可别笑话我，我心里憋屈呀！女人温和地看着他，就像母亲看着受了委屈的孩子。栓子自己也搞不清楚是真的触动了心底那根脆弱的神经，还是太投入于自己的表演了，他在女人的注视下竟然淌下两行清泪来。

女人有点慌了，站起来撮着两只手不知道该怎么办才好。女人说栓子你没事吧？这是女人第一次叫栓子的名字。栓子的心颤动了一下，女人叫他的名字说明女人心里有了他的一席之地，也就是说离成功又近了一步。

栓子说我和大哥就像亲兄弟一样，可是我的命没有大哥好。唉！不说了。来，咱们喝酒。女人顺从地喝了一口。栓子一口喝干又帮自己满上。栓子说痛快，好久没有这样痛快地喝过了，在家里我就像一头受气的牛，在嫂子这里我才感觉到了自己家一样。女人说，那你就把这里当自己家好了。栓子说大哥对你好吗？女人说好。栓子站起来，把杯子里的酒喝干说嫂子我该走了。一个踉跄摔倒在地。女人赶紧去扶，栓子一拉，女人就摔在了栓子怀里。

栓子搂紧了女人，女人说栓子你别这样。栓子说我喜欢你。女人说你喝醉了。栓子说我真的喜欢你。一翻身把女人压在了身下。女人没有挣扎，两行泪迅速地涌出来，滑过脸庞。女人的眼里没有愤怒只有延绵不断的哀伤，这种哀伤把栓子彻底击垮。栓子松开了女人。

栓子再去王大鹏家时，竟然铁将军把门。栓子有点诧异，难道自己把女人给吓跑了？栓子正在发愣，隔壁来了一位老人，他说栓子，王大鹏在医院呢。栓子说别瞎说，他在上海指挥工地。老人说没错，他在上海发的病，现在住在上海瑞金医院，他老婆也去了。栓子问，啥病？老人摇摇头，不太清楚，好像是肾病，听说挺严重。

栓子心里突然有了幸灾乐祸的快感，肾病？哈哈！该，看你还怎么风流。老天有眼，我不灭你天灭你。栓子回家，小梅风急火燎对他说王大哥生病了，我们要去上海看看他吧。栓子鼻子里哼了一下，你怎么知道的？他打电话给你了？小梅说嫂子打来的电话，听声音挺着急，咱们快去吧。

栓子夫妻俩赶到医院，王大鹏躺在病床上打着点滴，好像是睡着了，他老婆守在边上暗暗垂泪。小梅叫一声嫂子就吧嗒吧嗒跟着掉眼泪。

王大鹏的老婆冲他们一摆手就领着走到外面。小梅说这是怎么回事。

女人一边抹泪一边说，大鹏这病 5 年了，医生让他住院，他不干，他说住了院生意谁管，拖着拖着就成了这样。

小梅说，别急，现在的医学发达着呢。

发达没错，可是现在的问题是有钱找不到肾源啊！女人失声抽泣起来。

栓子就像被雷劈了一样呆在那里。原来王大鹏 5 年前就有肾病，自己和他相识不足 3 年。那么说他根本不可能和小梅有染。自己错怪了他，那些积压已久的恨意都是来自自己的捕风捉影，还差点干了坏事。栓子恨不得抽自己几个大嘴巴。栓子一把拉过小梅，和小梅商量。小梅使劲地摇头，后来流着泪点了点头，一把抱住了栓子，栓子也抱紧了小梅。

那年夏天的风扇

那年夏天来得特别早，还没进入七月就酷热难当了。

我一边抹汗一边做作业，但是汗珠子不停地冒出来，糊住我的眼睛。我烦躁地站起来找把扇子扇。由于我的成绩不断下降，老师把妈妈请到了学校。我看见妈妈在老师办公室里神色越来越凝重，最后妈妈弯腰向老师鞠了个躬。

一路上，妈妈没有说话，我也没有说话。

是不是因为天太热？冷不丁妈妈问了一句。我一激灵，眼睛瞟了下妈妈，含糊地回答，嗯。说这话我额头的汗又掉了下来，妈妈赶紧用袖子给我擦汗。嘴里嘀咕着，就知道是因为天太热了，要是能买台风扇就好了。我心虚地低下头。其实我说了谎，我成绩下降不是因为天气热，而是因为我迷上了金庸的武侠小说，就藏在枕头底下。每天晚上我都拿着手电使劲看，有时候不知不觉看到了凌晨。白天上课直犯困，脑子里呼呼呼的，老师讲啥根本听不进去。可是一到晚上又像仙人上身，精神十足。我也知道影响学习不好，可就是控制不住。

这老天爷怎么这么热呢！你赶紧做作业，我帮你扇。妈妈拿把扇子一下一下地帮我扇，她自己的汗却直往下淌。这往后天气会越来越热，没台风扇怎么行呢？妈妈一边扇一边自言自语。

我一定要买一台！我被妈妈坚定的语气吓了一跳。我抬起头，妈妈你别瞎琢磨了，咱家哪有钱买风扇啊？这个你别管，为了你，妈妈一定要把风扇买回来。只要有信心没有办不成的事情，不过你要答应我，一定要把成绩赶上去。我“嗤”地笑了，我说行。其实我觉得妈妈的想法有点不切实际，我们家的经济来源全靠爸爸微薄的工资，况且妈妈身体不大好，时不时要上医院拿药。

过后，妈妈每天还是忙忙碌碌的，没见有什么特别的动作。看来妈妈那句话真的是随口说说的。我看小说有所收敛，但有时还是忍不住会去看。那次我又打开手电看上了。正入迷，感觉头顶凉风习习，接着啪嗒一滴水掉在我的头顶上。我抬起头却看见了妈妈，手一哆嗦，书掉了。妈妈帮我捡起来心疼地说，你这孩子，看书也不开灯，眼睛熬坏了怎么办！又拿出毛巾帮我擦汗，瞧你这一头的汗，赶学习也不能太拼命啊，快睡觉！我乖乖地躺下，看见妈妈手里打着蒲扇眼里盈满了泪，妈妈说什么也要把风扇给你买回来。我的心震了一下，幸亏妈妈不识字，要不然不知道她会怎样伤心呢。

一天夜里，我从乱七八糟的梦中惊醒，睁开眼，月光透过窗子安静地洒满了我的屋子。我干脆起床走了出去，突然发现院子的角落里有一个人！我本能地张大了嘴，却没有叫出来，因为那个人站了起来，原来是妈妈。月光下，妈妈的脸黑乎乎的，眼睛却特别明亮。妈妈示意我别出声，一把把我拉到了我房间里。小声说，别和你爸爸说，不然你的风扇就没了，这是咱俩的秘密。说着冲我眨了眨眼睛，汗从妈妈额头流下来，冲出一道道黑色淤痕。我叫了声妈就哽住了，愧疚的眼泪不断地涌出来，再涌出来……妈妈为了我竟然偷偷去运输船扫煤。

每天晚上卸完货的运煤船都会停在大桥边的港口上，扫煤的站在桥面上，看船上没人注意就跳下，趁黑扫了煤渣装进口袋，等船老大睡着后偷偷下船。我们那有不少妇女从事扫煤这项工作，妈妈曾经也想去，被爸爸喝止了。因为扫煤不仅辛苦还危险性很大，隔壁小明的妈妈就是因为扫煤摔断了腿。

妈妈擦掉我的泪水说傻孩子，哭什么？我抱住妈妈说，妈妈你以后别去了，我一定把成绩赶上去，我保证。

妈妈搂住了我说，好孩子，妈妈相信你。

第二天我还掉了金庸的小说，图书馆的阿姨说看这么快呀，还借吗？我使劲地摇摇头说，再也不借了。我开始狂补功课，经过一段时间努力，我的成绩全面提高了。当我拿着测验卷兴冲冲地赶回家时，进门第一眼就看到了一台崭新的风扇。

后来，我以优异的成绩顺利考上了木渎高级中学，而那台风扇也被妈妈宝贝一样收藏着。

酒鬼丁亮

丁亮在税务所工作。

丁亮一米七八的个子，肩宽膀圆，可以说一表人才，可是有个不太好的嗜好：爱喝酒。口袋里不管啥时候都揣着瓶红星二锅头。

“饭可以不吃，酒不能不喝。”是丁亮的口头禅。因为好酒，丁亮没少挨领导的训。领导曾语重心长地说：“丁亮啊丁亮，你是咱们税务所一把好剑，你要是能把酒戒了该有多好啊。”这话里透着惋惜，其中深意就算傻子也能听明白。朋友也劝他：“丁亮，为了你的前途，你还是戒酒吧。”丁亮打了个酒嗝说：“我天生爱喝酒，不喝酒那简直要我的命。”朋友就拿他开玩笑：“你这个酒鬼，整天喝酒，还能干好正事？”丁亮眯着小眼说：“杯中有酒，心中有税。”

事实验证丁亮没有吹牛，别人喝了酒犯晕，丁亮越喝脑子越灵。税收工作完成得非常出色，每季度都是超额完成任务。可是就因为好酒，一直没有得到提拔。丁亮却不以为然，在哪儿都是干工作，无官一身轻，轻装上阵，更能施展手脚。

这两年，局里发现税收额有下降的趋势。纳税商家增多了，税额却下降了，这很不正常。市场监测人员根据市场销售情况判断，商户有偷税情况，但是他们找不到有价值的线索。

商户们都纳了税，税额却不升反降，问题出在哪儿呢？丁亮眉头深锁，拿出随身携带的红星二锅头一口一口地闷。会不会是发票有问题？这问题又出在什么地方呢？忽然他想到了一个人。

开超市的刘志超是丁亮的同学，这小子打小脑子活泛，书念的不咋的，鬼点子特多。这家超市本来快倒闭了，被他一接手经营得风生水起。

上次他组织了一次同学聚会，打过电话给丁亮，因为丁亮刚好有事，没能践约。这回见丁亮不请自到，高兴得不得了，精瘦的脸上开满了褶子，“老同学，哪阵风把你吹来了？”

“是酒虫牵我来的，嘿嘿，我闻到你这里有好酒了。”丁亮晃了晃手里的卤菜笑着说。

“你的鼻子还真灵，我这里有上好的剑南春一直为你留着呢。”

两人便开始喝酒，不一会，一瓶剑南春下肚，刘志超就有些醉了。

“痛快！真是痛快！酒逢知己千杯少啊。”

“士别三日，当刮目相看，你这家伙酒量见长啊。”丁亮又为刘志超斟上一杯，却不往前送。“诶，老同学，问你个事情。”

“问，问吧，只要我知道的。”刘志超舌头有点打结。

“老同学，这开发票是不是有什么学问呢？比如说可以少缴税啥的。”丁亮压低了声音。

“哦，这个，这个，我哪知道？我可是奉公守法的良民哦。”刘志超眼神里带着狡黠。

“不够意思了吧，我当然知道你的为人了。这不是请教你嘛。我知道你朋友多，知道的道道也多，人称智多星呢！”

“得，你也别吹捧我了，今个既然你开口了，就透露点给你哈。不可外传！”

“那当然，快说来听听。”

“老同学，虾有虾门蟹有蟹道，开发票这学问大了去了。”

“哦，还真有学问？”

“嗯。最厉害的一种是采用两套账，一套对外，一套对内。平时取得收入，顾客要求开发票的，就记入对外的一套账；顾客不要求开发票的，就记入对内的一套账……”

“兄弟，你可帮了我的大忙了，改天我请你喝酒！”丁亮一巴掌拍在刘志超的瘦肩上，刘志超晃了晃瘦瘦的身子嘿嘿笑了。

第二天，丁亮向局里反映了情况。局里立马派稽查人员进行了突击检查，结果真的发现了好几家问题单位。查证下来，有的偷税数额大得令人咂舌。

丁亮找到了商户偷税的原因，及时为国家挽回了损失，所里上下都对丁亮跷起了大拇指，私下都说这回丁亮一定会被提拔了。

果然，丁亮又被领导请到了办公室。这回领导笑容满面，肥嘟嘟的脸就像盛开的桃花。领导说："小丁啊，这回你可是立了大功了。告诉你一个好消息，局里讨论研究，决定让你担任税务所副所长。不过你这酒……"

丁亮愣了一下乐了，"谢谢领导的栽培，我丁亮有自知之明，这辈子想戒酒难了，为了不给组织抹黑，我还是干我的税务员吧。"

下班的时候，丁亮手里提上两瓶好酒健步如飞而去。同事问他上哪儿？他朗声道：喝酒去！

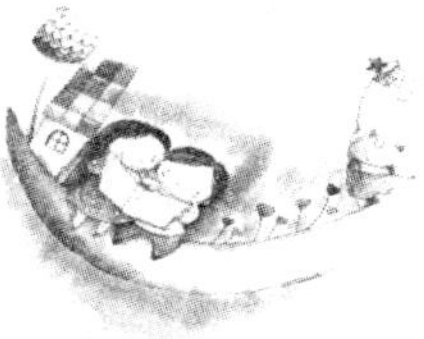

踏实的爱

丁亮这几年好事连连，因为他业务成绩突出，被上级领导赏识，从税务员提到纳税服务科科长，最近又提任了副所长。

这天，他正在办公室处理一堆文件，接到了小燕打来的电话。这位小燕不是别人，正是他热恋中的女朋友。

说起丁亮的恋爱故事有些传奇。当时丁亮还在窗口干税务员，小燕刚好来办业务，不知道怎么两人电光火石就看对眼了，而且这爱情的温度一路飙升。

丁亮的形象算不得出众，虽然浓眉大眼透着精干，但是只有一米七的个头，经常被同事们戏称“三等残废”。这位小燕就不寻常了，不仅人长得漂亮，还经营了一家规模不小的酒店。于是就有同事酸溜溜地拿丁亮开涮说真不没明白那女孩看上你丁亮哪点了？你浑身上下貌似没什么优点啊！丁亮对同事的调侃非但不恼，还得意地做了个夸张动作——右手撸一下头发，吹一口气，说这人命好起来挡不住啊，你们就羡慕吧！

小燕在电话里很急，让他赶紧去一趟。

出了什么事呢？丁亮急吼吼赶到小燕的酒店，小燕一把把他拉到了经理室。说刚才是税务所来查了发票。丁亮说这个很正常啊，难道？……小燕说发票没有发现异常，但是还要我提供账本。我推说会计没来上班，账本在会计那暂时搪塞过去了，你说你们税务所的怎么就那么较劲呢？又不是不知道我和你的关系！

丁亮说这不是关系不关系的问题，难道你账本真有问题？小燕点点头说你赶紧给我想办法。

“小燕你糊涂啊！”丁亮气得直跺脚。小燕狠狠捶了他一拳说，“你才糊涂呢！要说问题哪家没有？傻子才没问题呢。”

“你怎么能这样说呢？依法纳税是每个纳税人应尽的义务，要是大家都……”

“得得得，别和我讲大道理！摆平这件事，你这个副所长还不是一句话的事情？”

“小燕……”

“丁亮，你不是一直说爱我的吗？这回就是你表现的时候了！”小燕掐断了丁亮的话头。

“可是……”

“别可是了，这件事你要是帮我搞定，咱们年底就结婚。”小燕吧唧在丁亮脸上亲了一口。

丁亮沉默了。

几分钟后丁亮抬起了头。

“小燕，你把账本给我，我心里也好有个底。”

“你愿意帮我了？”

“那还用说。”

“好。”小燕开开心心地把账本拿了出来。

第二天，税务所果然没有再去小燕的酒店查账。

华灯初上，浪漫的烛光下，小燕脸若桃花荡漾着甜甜的笑意，一如她手中醉人的葡萄干红。

“丁亮，我果然没有看错你！来，为我们的幸福干杯！”

丁亮却没有伸手去接酒杯，而是从怀里掏出了一个存折，神情严肃地递给小燕，“这是我这几年存的，我的全部家当。”小燕笑得更甜了，“看不出来你这人还能存钱啊。”

“咦，你怎么一下子领了7万，存折空了呀？税讫发票？丁亮你搞什么鬼？”

“我帮你把漏缴的税补上了……”

“谁让你自作主张了？我，我告诉你，我们完了！”小燕气急败坏中竟然流下了泪。这下让原本口齿伶俐的丁亮有些手足无措了，他的慌乱来自小燕的泪水，也不乏他对小燕的失望，但是片刻的慌乱之后，丁亮恢复了平静，他看着小燕说："如果我盲目帮你那就是害了你，违法乱纪最终会受到法律的制裁。我连夜查对了你的账目，先前并没有问题，问题的出现是在这半年里。小燕，就算我们成不了，作为朋友，我不希望你有事。"说着丁亮站起身往外走去，扔下小燕一个人独自发愣。

"丁亮，你站住!"随着小燕的一声断喝，丁亮站住了，却没有转身。

三个月后，丁亮结婚了。新娘子小燕穿着洁白的婚纱，更加楚楚动人。

大家起哄让新娘子说说看上丁亮什么了？小燕俏皮地用肩轻轻拱了下丁亮，"看上他优秀呗!"

下面一片鼓掌声，"新娘子亲一个！丁亮亲一个!"小燕的脸更红了，丁亮很配合，亲了小燕一口，顺势在耳边轻声问："真的吗?"

小燕的脸红红的，轻声回答："当然是真的，因为你不仅优秀还特傻，傻得让我踏实。"

谁说我不喜欢

二憨其实并不憨，二憨这个名号也是出于妈妈对他的偏爱（乡下人迷信，认为名字烂点好领）。二憨排行老二，上有个姐姐早就出嫁了。二憨人比较老实不大爱说话，遇上熟人他会笑一笑点点头，连笑也是腼腆的。

二憨快三十了还没有娶上媳妇。不是二憨家条件差。二憨家两上两下三间楼房，还有个小车，在码头上做做运营生意。人吧，也长得不错。可是姑娘介绍了一个又一个，就是不成。二憨不急，可把他妈妈急坏了。

妈妈说：二憨啊，你什么时候能娶上媳妇儿呀？

二憨说：不急。

妈妈说：还不急呀！妈为了你头发都愁白了。

二憨说：妈，你瞎急啥哩！

妈妈说：你看和你同龄的，娃子都会打酱油醋啦！我说二憨啊，你大姨给介绍了一姑娘，你明天相看相看去！

二憨就没声了，也不说同意也不说反对。

第二天，二憨就没了影。二憨妈妈没有办法，拿上一张二憨的相片去相亲。还好人家姑娘对二憨没意见，说同意谈谈。二憨妈妈悬着的心才放回了一半。约好星期天见面。

星期天，二憨妈妈像看贼一样看着二憨。9点多，大姨陪着姑娘来了，姑娘进门看到二憨冲他抿嘴一笑。二憨的脸就红了。

大姨说：小红，这就是咱家二憨。二憨你是男孩子，你得主动点，带小红去外面玩玩。

二憨说：去哪儿？

小红说：去灵岩山吧。

二憨说：好。

二憨就驾车和小红一起去灵岩山玩。灵岩山风景优美，是佛教圣地。又值四月旅游旺季，山道上游人很多，有三五成行的，也有成双成对的。两边一溜排开许多小贩，当然还有一些乞丐。

二憨跟在小红后面，正好把小红的背影一览无余，小红的身材还真好呢，窈窕婀娜，走起路来像风摆杨柳，要多好看，有多好看。二憨心里甜丝丝的。

小红好像很开心的样子，时不时看看地摊上的物件把玩一阵，有时候往那些看似可怜兮兮的乞丐破碗里丢一两枚硬币。

小红在一位脏兮兮的老太太面前停下了，那位老人不是乞丐而是卖咸金花菜的。

老人看见小红一脸讪笑。

小红说：阿婆，我买金花菜，不要太多，多了吃不掉。

老人就用透明塑料袋装了些金花菜，老人说2块钱。

二憨一翻口袋有一个5块零的，就递了5块，说，不用找了。不是二憨摆阔，是因为二憨觉着老人挺可怜。

老人说：那可不行。说着就在一个袋子里找硬币，正找着，突然脸色惨白，一屁股坐在地上，样子很痛苦。

小红说：阿婆，你怎么了？

老人说：我胸口闷，透不过气了。

二憨扶起老人说，得赶紧送医院，说完就背起老太太往山下跑。这回是小红追着二憨了。到了山下，二憨把老太太背进自己的车子里。老太太好像好多了，连声说谢，说现在感觉没事了。

二憨说：还是上医院瞧瞧的好。

老人说：没事了，老毛病了。况且上医院我没有钱。

二憨说：钱不是问题，您别担心。

老人说：小伙子，你的心真好。我真的没事了。你们是小两口吧？真好！

二憨和小红的脸都红了，二憨说：那我开车送你回家吧。

老人说：不用了，我家很近。

说着老人下了车，微笑着冲二憨他们摆摆手。

二憨目送老人离去，回头对小红说，这老人真不容易。

小红说：嗯，咱回家吧。

二憨急了，我们还没有上去呢。

小红说：不玩了。

二憨心里一凉，看来这次又得泡汤。

二憨他们回到家，妈妈和大姨都在，问，怎么不多玩会？二憨没吭声，小红对大姨说，回吧。

妈妈说：二憨，你开车送送。

小红说：不用了。

二憨像霜打的茄子，垂着头。

妈妈问，怎么样了？

二憨说：不怎么样。说完就回屋了。

这可把二憨妈妈急坏了，在屋里直转悠。转着转着，一拍屁股出了门。

回来时，二憨还在床上发呆。

妈妈问：二憨，你喜欢小红吗？

二憨说：我喜欢她，她不喜欢我有啥用？

妈妈说：你怎么知道她不喜欢你？傻小子，小红说对你印象不错！她还说，那么有爱心的男孩子上哪找去？就是不知道你喜欢她不？

二憨像屁股装了弹簧一样，一下从床上跳了起来，谁说我不喜欢？

二憨结婚了。过五关斩六将好不容易到了新娘面前。今天的小红比往日更漂亮了，边上坐着的一位精神矍铄，和蔼可亲的老奶奶正冲着二憨乐呢！二憨觉着眼熟，咦！那不就是灵岩山上遇见的老奶奶？

赤脚医生

赤脚医生是六七十年代的乡村医生。

为什么要叫赤脚医生呢?

那时候都是泥路，遇上下雨天，农村人一般不穿雨鞋都是光着脚走路，乡村医生也不例外，于是农村人叫乡村医生不叫乡村医生叫赤脚医生。

也正是因为路道不好，农村人生病一般都找赤脚医生，小到感冒发烧拉肚子大到毒疮扭伤婆娘生孩子。可见当时的赤脚医生是不折不扣的全科大夫。

苏小妹就是这样一位赤脚医生。

苏小妹十三岁就辍学了，也不是笨，就是没心思读书。

姑姑说，不读书你干啥?

苏小妹说，我要跟你学医，我想和你一样当赤脚医生。

就跟姑姑学起了医。

姑姑给人看病，苏小妹忽闪着大眼睛在边上看。

一天，姑姑出诊去了，留下苏小妹照看诊所。

一位母亲拉扯着一个脏不拉儿的孩子进来，孩子哭叫着拗着劲不肯进屋。

苏小妹赶紧迎出去，原来孩子脑袋上长了一个毒疮，鸡蛋大，鼓鼓的，里面已经作脓了。必须马上开掉。孩子怕疼死活不肯找医生。

苏小妹笑着对孩子说，不一定要开刀的，你过来，我帮你看看，我只要用手一摸，你的毒疮就好了。

孩子看着这个比自己大不了多少的小医生，将信将疑就走进去了。

苏小妹说我用酒精帮你消消毒，一点都不疼，凉凉的很舒服的。

说着就拿一团酒精棉在毒疮上擦，噗，一股浓水就滋了出来，孩子还没感觉到什么，苏小妹已经将伤口上好药包扎完毕了。

嘿嘿，没事了，过几天就好了。

孩子的母亲也傻眼了，背着孩子问苏小妹，你怎么弄的？

苏小妹调皮地一笑，翻过掌心，原来食指和中指间夹着一片锋利的刀片。

后来小孩子长毒疮都指名道姓要苏小妹给治。

姑姑笑着说，想不到你这丫头还真是行医的料。

一次，姑姑带她去给一个农妇接生。

产妇躺在床上疼得汗珠子噼里啪啦地掉，孩子就是生不下来。

好不容易有动静了，一看，不得了，孩子脐带先出来了。

这种情况有可能会导致孩子窒息死亡。最好的办法是剖腹产，可是剖腹手术要大医院才能做，现在送大医院肯定来不及了，姑姑也急得汗珠子噼里啪啦掉。

苏小妹说，姑姑让我试试吧。

你？虽然姑姑满腹狐疑，但是事不宜迟，死马当活马医吧。于是点了点头。

洗手消毒。苏小妹将右手小心地伸进产妇产道，使劲往上一推，咯吱，进去了。

亏了苏小妹手小还细滑，产妇并没有丝毫痛苦。

孩子终于降生了，但是脸色苍白，有窒息症状。

苏小妹赶紧进行嘴对嘴人工呼吸，不久孩子哇地一声哭了出来。

在场的人都松了一口气，无不向苏小妹跷起了大拇指。

那年苏小妹十五岁，十五岁就成了颇有名气的赤脚医生，特别是接生受到了产妇们的一致推崇。

几年下来，经苏小妹之手接生的孩子不计其数。

这次，苏小妹又成功接生了一名胖乎乎的男婴。男婴的奶奶抱着孙子直乐，突然看着身材凹凸有致的苏小妹问：闺女你多大了？

二十了。

不小了，你别光顾着替别人接生孩子，自己的事情也该考虑下了。

苏小妹脸一红，还早哩！

其实苏小妹心里有一个人——关在牛棚里的李大头。

李大头参加过抗日战争，虽然立功无数，却放掉过一个日本兵。在那个敏感时代，这问题的严重程度可想而知了。

李大头自己也觉得有罪，心甘情愿认打认罚。

因为在战场上负伤瘸了一条腿，李大头快四十了还是孤家寡人一个。

苏小妹经常给李大头送吃的，浆洗衣服。

村人都说这个苏小妹当赤脚医生当傻了，别人都看见李大头躲得远远地，她倒好，一个黄花大闺女，和个通敌间谍纠缠不清。

话传到姑姑耳朵里，面对姑姑的质问，苏小妹说我觉得李大头不是坏人，他放那个日本兵一定有隐情的。其实作恶的不是当兵的，是指挥他们的人，那些日本兵同样也是战争的受害者。

慌得姑姑赶紧捂住了苏小妹的嘴巴，你这不知轻重的丫头，可不敢瞎说。

大队支书也给苏小妹做工作，说别为了一个坏分子毁了自己的前程。

苏小妹抬手把乌黑的发辫甩到背后，挺了挺胸说，为了解放新中国他已经废了一条腿，而且他立了那么多功，就算有过也抵消了。他要是出不来，我给他送一辈子牢饭。

说到做到，李大头从牛棚一放出来，苏小妹真的把铺盖卷搬了过去。

这还了得？赤脚医生被罢职，跟着农妇们下田种地去。

看着累得一歪一倒的苏小妹，李大头心疼得直趟泪。

苏小妹笑着说，瞧你个大男人，就这点出息啊？放心吧，你老婆不是豆腐捏的，别人能干我也能干。

没多久，苏小妹就把农活干得有模有样了，不过队里还是把她调上去当赤脚医生了。因为大队里新换的赤脚医生，并不太在行，村里人怨声载道，都念叨着苏小妹。

后来李大头不但被平反了，基于抗战立过功，还享受了干部待遇。

村里人都啧着嘴说苏小妹，当年你寻死觅活要嫁给李大头，原来你长着前后眼啊！

苏小妹也笑了，正了正肩上的药箱说，我没长前后眼，但是我相信好人有好报。

兔子姐姐

姐姐一天到晚背着弟弟玩。

弟弟大了就在姐姐背上待不住了，拉着姐姐去外面玩。

姐姐说弟弟你自己去吧，别跑远了，姐姐在门口看着你。

弟弟不依。

姐姐没办法只能牵着弟弟的手一起去了。

兔子兔子。小孩子们哄笑起来。

姐姐眼圈一红跑回了屋。

弟弟很生气，冲着小孩子们说，你们懂什么？我爸说了我姐姐是月宫里在桂花树下捣药的玉兔，因为熬夜打瞌睡不小心跌到地上来的。

说着追着姐姐回了屋。

姐姐，别怕。

姐姐没有怕，姐姐太丑了。

谁说的，姐姐一点也不丑。爸爸说了，等有钱了就帮你治，治好了姐姐就更漂亮了。

姐姐扑哧笑了。

弟弟歪着脑袋想了想，又问：姐姐你说你要是治好了，我会不会不认识你？

当然不会，到那时我会朝你笑，我一笑，你准保能认出来。

姐姐很肯定地说。

姐姐，我想摸摸你的兔唇，我怕到时你朝我笑我也认不出来。

弟弟伸出脏兮兮的手。

好，摸吧，姐姐眯着眼伸长了脖子。

弟弟把手指在衣服上擦了擦，很小心地碰了碰姐姐的兔唇。

记住了吗?

记住了。

那时候我肯定会先朝你笑，你要是认不出来我才会说话。

我保证在你笑的时候就认出你来。

几天后，弟弟在河边玩耍时落水，姐姐不顾一切救起了他，自己却没爬起来。

没有了姐姐的陪伴，弟弟好孤单啊!

那夜，一轮金黄的圆月安静地照着。

弟弟睁大了眼睛，可是他只看到月亮黄黄的模样。

姐姐又回到月亮里了吗?

姐姐又变回了兔子了吗?

揉揉眼睛，弟弟定定地仰望着。

他没看到月亮里三瓣嘴的兔子却看见了桂花树。

弟弟对着月亮说，姐姐，你还会打瞌睡吗?

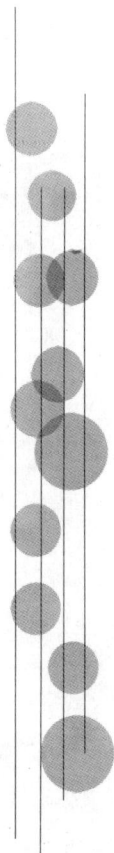

作风问题

秋风起，满树的黄叶瑟瑟的响，一片片飘落，被人，骡子、牛、狗、鸡、麻雀踩成了粉尘黄土。

三叔回来了，拖着一口箱子，后面跟着我三婶。

奶奶没有出去，爷爷闷着头抽烟，我爸我娘一个劲叹气，我四叔把牙齿咬得“咯嘣咯嘣”。我探了头，又缩了脖子，屁股往前一步一步往外挪，挪到门口一溜烟跑了出去，刚好撞在了三叔怀里。

我看见三叔的脸暗黄干枯像极了树上的落叶。身后的三婶憔悴的大圆脸就像池塘里残破的荷叶。

三叔刚进屋，奶奶就颤巍巍关了院门。

奶奶在我三叔进门一刻彻底老去。奶奶满头银发，皱纹堆积成深褐色的沟壑，沟壑纵横交错，沟壑里流淌着奶奶浑浊的泪水。

奶奶说仨儿，你咋就这么不争气呢？你这样回来让我们老汪家的脸往哪搁？你这是自个儿抽自个儿的脸啊！你咋这么不懂轻重呢？早知道这样，还不如不让你出去呢。在家苦点也是一清白人，我这是造了哪门子孽哦。奶奶捶胸顿足，奶奶骂着三叔眼睛分明看着三婶。

三婶是奶奶为三叔挑选的。三婶五大三粗还没文化是一个标准的农村女人，怎么看都和三叔不相称。可是奶奶说丑妻近地家中宝。

奶奶在三叔回来的次年，一个阴郁的早晨无声无息地死去。死去的奶奶眼睛睁着。三叔膝行床前，三叔泪流满面，三叔说儿子不孝，可是儿子是清白的。三叔合上奶奶的眼睛，奶奶一颗泪从眼角滑落。

三叔曾经叱咤风云，那一年带着警卫员荣归故里是何等的风光，高头大马，全村人都去村口迎接。

奶奶在菩萨面前磕头，在祖宗灵位前磕头。感谢祖宗庇佑，感谢佛祖显灵，三儿当上大官了，老汪家要咸鱼翻身了。

是啊，三叔当上了灵山市市长。

谁承想三年后就被革职回家，还是犯了最被人唾弃的作风问题。举报人竟然是三婶。

三叔回家后被队里安排看秋。

我们村是九山半水半分田，人们基本处于半饥饿状态，时有偷秋现象，派人看秋，看秋的怕得罪人，也是睁一眼闭一眼，看了等于没看。

队长不愧是队长，要说让我三叔看秋，那可是找对人了。我三叔南征北战这么多年，腿脚功夫，擒拿身手那真是炉火纯青。

三叔对工作兢兢业业，一段时间，抓了很多偷秋的。那阵子治安超好，因为没有人能跑得过三叔，也没有人能挣脱三叔的铁腕。

三婶不无担心地说你这榆木脑袋怎么就不开窍呢？这可是得罪人的差事，就你揣着鸡毛当令箭。

三叔说我是共产党员，我不能让集体遭受损失。

三婶说，你狗屁共产党员。早给共产党给涮了。

三叔突然盯住三婶，一字一句地说，你给我闭嘴。

我再一次开始崇拜三叔，缠着三叔教我功夫，然后依着学来的几招花拳绣腿当上了村里的孩子王。而我三叔 5 岁的儿子闹闹成了我的铁杆粉丝。

日子就像山脚的溪流不急不慢地流淌。三叔的命运似乎也尘埃落定，可是闹闹出事了。

那天，大人们都去了地里，我忽然听见闹闹哭，杀猪一样。赶紧往三叔家跑。闹闹躺在地上手被烫伤了。

我慌得连滚带爬去找三叔。

三叔背起闹闹进了医院。三婶一到医院看见闹闹的双手缠满纱布，当即就晕死过去，醒来就说了一句，你把闹闹害了。说完又晕了。三叔一夜之间头发全白了。

闹闹终于醒了，但是一只左手废了。三婶却从此恍恍惚惚，时而清醒时而搂着闹闹流泪。最严重的时候，看见村里人逮谁打谁，说要替闹闹报仇。弄得村里人像躲瘟疫一样躲得远远地。

闹闹自从手废了以后，就像变了个人一样，不喜欢说话也不喜欢笑了。躲在三婶后面，眸子里闪着阴郁，不知道是出于害怕还是仇恨。

村里人每个人似乎都有嫌疑，每个人又似乎都是无辜的。也许为了避嫌疑也许为了隐藏心中的内疚，除了我外，基本没有人去三叔家串门。

1982年开始责任田承包到户，劳动力解放出来，村里脑子灵活的都做起了小买卖。而我当上了派出所的队长，让我头疼的是，闹闹三天两头的出事，不是偷了人家的鸡就是煮了人家的鸭，村里人三天两头来告状，还说什么人撒什么种，弄得我的脸面也有点挂不住了。

三叔佝偻着背，猛地抽一口烟，浓浓的烟雾从鼻孔里冒出来，顿时朦胧了他的脸，烟雾丝丝缕缕短暂地聚集以后慢慢散开。

我注视三叔的脸，三叔在不经意间已经老了，头发花白，眼角布满皱纹，原本白皙的皮肤像覆盖了一层污浊的油灰。时间已经把这个钢铁汉子打磨成了落魄的中年人。

三叔幽幽地说，闹闹算是废了，他要是再犯事，你把他关起来，不用留情。

三叔看着我笔挺的制服，就像看着当年的他。

在我的努力下，三叔被评估为困难户，可以领救济金。当我把这个好消息告诉三叔的时候，没有想到三叔一下子变了脸。他说谁的主意？你太看扁我汪小三了吧，我难道沦落到要领救济金了？我还有手，还有一口气，我不需要施舍。我不能给国家添累赘。你赶紧去退了。我说三叔你不要死要面子活受罪了，谁家都比你家好过。你看你这房子，外面大雨里面小雨……

行。三叔一挥手打断了我的话，我明天就起房子。我扑哧笑了出来，三叔，你以为起房子是搭鸡窝搭兔子窝？三叔说你等着瞧。

三叔真的开始起房子，木头倒是现成的，山里多得是。三叔一车一车往家里拉，砖是自制的土坯，材料凑齐，三叔开始造房子，我说三叔，找几个人帮忙吧。三叔说不用。忙活了一个月，房子还真起好了，不过又矮又暗，比鸡窝兔子窝好不到哪里去。

我知道三叔的脾气，也不好再说什么。但是在心里一直为三叔惋惜，命运弄人，要不是出了那件事，三叔的官职一定不止市长了。

不光我惦记着那件往事，有一个人也惦记着。谁？还记得我前面一笔带过的就是三叔荣归故里那次后面跟着的警卫员吗？如今他当上了副市长。

一辆小车颠簸着驶向大山，停在三叔低矮的屋前。

副市长握住三叔的手说，老上级啊，我来看看你。从来没有掉过眼泪的三叔两行热泪夺眶而出。他提起脏兮兮的袖子擦擦眼睛，谢谢罗副市长还记得我这把老骨头。

副市长说，没有你老上级就没有我小罗的今天。这么多年你受苦了。我知道你是被冤枉的，今天你就痛痛快快地说出来，我替你做主。

三叔的眼泪再一次哗哗流淌，仿佛沉淀了几十年的冤屈全都化作了泪水沉积在心底，今天被人拉开了闸门。

我暗暗松了口气，原来三叔真的是被冤枉的，今天终于可以沉冤昭雪了。三叔的嘴皮子不断颤抖，他紧紧拉着副市长，他说我……我……

副市长说，你尽管说，别有思想负担，你是革命的功臣，你该享受你应享受的待遇。我们的眼睛都齐刷刷地看着三叔，期待着谜底浮出水面，三叔像个遭受了委屈的孩子，泣不成声。

好久三叔用力擤了一把鼻涕，颤声说道：组织没有错，我老婆揭发的对，我没有被冤枉……我们在场的人全部惊呆，我赶紧对副市长说我三叔一定是受刺激太多，脑子不清楚了。

副市长说，没事，让他冷静几天，我过几天再来。

可是我三叔没有给自己也没有给任何人机会。

第二天清晨，习惯早起的三叔却没有起来。三叔死于心脏猝死。三婶跪在床前，抚摸着三叔的脸喃喃地说：我还是没有留住你啊！当年我是为了留住你才说你有作风问题的，如果你当市长你迟早会离开我。我知道我配不上你，但是老天爷让你当我男人，我必须留住你。你终究还是走了，你还是走了啊！

三婶的哭声被北风裹挟，穿过灰蒙蒙的天空，我听见那灰蒙蒙的空灵处呜咽着一声似有似无的叹息。

你是我的男人

她不漂亮，他也不帅。经人介绍认识了，结婚了，就是因为到了结婚的年龄，所以就结婚了。婚后男人在外面打工，女人在家务农。空暇时候做做刺绣，别看女人长得不怎么样，却生得一双巧手，刺绣是村里数一数二的。女人也不知道什么是爱情，只知道嫁鸡随鸡嫁狗随狗。把家打理得井井有条，男人在家的时候把男人伺候得舒舒服服。

男人在外面拼得一分天地，可是回家的次数却越来越少了。有消息传来，男人和别的女人好上了。有人传话给女人，女人坦然一笑，不会的，我的男人我有数。真的坦然吗？女人在夜深人静时偷偷垂泪。

终于男人打电话说要回家，女人开开心心地做了男人喜欢吃的菜，可是这回男人扒了几口饭就回屋了。女人收拾好，给男人倒上洗脚水，问怎么了，太累了吗？男人却从牙缝里蹦出几个字：咱们离婚吧！这几个字犹如晴天霹雳，把女人震傻了。好好的，你怎么说这话？男人眼睛看着别处说，别问了，反正我不想和你过了！女人流着泪却无比坚决地说，我不，嫁了你，你就是我的男人，一辈子都是！男人踹翻了洗脚盆说你不离，我就不回这个家！

真的，男人连夜走了。

男人好久没有回家了，也没有电话。女人在寻常人眼里没啥异样。像往常一样过日子，只是脸上的笑容怎么看也是挤出来的。女人还是做着刺绣，偶尔会去门前往外眺望，还会对着电话发呆。父母来看他们的女儿，问起她丈夫，她说别听外面瞎说，我们好着呢，只是他太忙，没有时间回家，忙过一阵就回家了。说着，还不忘适时送上一个轻松的笑脸。父母一脸释然地走了，女人的眼泪就忍不住了。

一天，女人做刺绣，一针扎了手指，一朵殷红的血瞬间在指尖绽开，女人赶紧把手指放嘴里吮吸。电话响了，却是男人的工友，说嫂子不好了，大哥受伤在医院。女人扔下电话就往医院赶。男人头上缠着绷带躺在病床上昏迷不醒。医生说没有生命危险了，可是脑部受到强烈震荡，失去知觉，有可能会成为植物人。女人扑通一下跪在医生面前，一定要救救他呀！医生说我们已经尽了最大努力了，醒不醒要看他自己的造化了。要是能醒，就没事了。

女人天天给男人按摩，擦洗身子。她相信他的男人一定会醒来的。

皇天不负有心人。终于，男人的手指动了一下，女人开心得满脸是泪，拼命地叫医生。医生说奇迹呀！你真是一个好妻子，多亏有你！男人醒来叫着一个女人的名字，却不是她。女人的心像被针扎一样疼，可是她始终握着男人的手。男人睁开眼睛，看到了他的女人，那个他一直想甩掉的女人。男人的眼角有泪流出来，滴在雪白的枕头上。女人说，傻人，你哭啥，你醒了真好呀，我就知道你一定会醒的！男人说对不起，我对不起你呀！女人说，别说了，我嫁了你，你就是我男人，一辈子都是！

男人在医院里住了三个月，女人伺候了三个月。医生诊断基本康复可以出院了，女人收拾好东西，和男人一起回到他们的家。女人利索地打扫屋子，还做了男人喜欢吃的菜。女人看着男人津津有味地吃。男人说，你咋不吃？女人说，我还不饿。男人说不饿也吃点。女人说好，就朝嘴里扒了几口饭。男人吃完就回屋了，女人收拾好，给男人倒上洗脚水，认真地给男人洗脚，男人说我自己来。女人说，不要，我帮你洗。女人问，舒服吗？男人说舒服。女人说，我们离婚吧！男人傻了，好好的你怎么说这话？女人眼睛看着别处说，别问了，反正我不想和你过了。男人急了，你不是说过我一辈子都是你的男人吗？女人说，没错！我嫁了你，你就是我男人，一辈子都是！可是，我不是你心里的女人，三个月前就不是了。

呼唤

小强读书很用功。小强只有一个念头，好好读书，走出大山，离开那个让他憎恨的男人。男人是小强的父亲，可是小强对他充满仇恨。

那年冬天，母亲正烧着晚饭突然发现他不见了，四处寻找，水沟里传来他的哭声。母亲救起他，把他捂进被子里。这时候，当兽医的父亲晃晃悠悠就回来了，手里提着酒瓶。母亲一边帮小强掖被子一边没好气地说，喝喝喝，喝不死你。父亲瞪了眼睛，反了你了。一甩手酒瓶子砸过去。不偏不倚砸在了母亲后脑勺，瓶子爆裂，母亲扑倒在地上，鲜血“汩汩”地流出来。母亲一动不动，两眼通红的父亲像一摊烂泥瘫倒在地。

那时小强才四岁，四岁的小强成了没妈的孩子。父亲被警察带走以后小强就跟着姥爷过。一直到小强十二岁时候，父亲回来了，因为在牢里表现良好提前释放。父亲来接小强，小强像一头倔强的小驴，眸子里充满敌意。父亲在姥爷面前跪下。父亲说，我已经戒酒了，我一定好好带着小强。

父亲真的没有再喝酒，重新做起了兽医。父亲风里来雨里去，皱纹爬上了黝黑的脸庞，头发也过早地白了。山里人家的屋子都是依山而建。看着挺近有时候一走就是好几里。不管多累，父亲回来了都会在儿子身边坐上一会。然后走出去，抽上一支劣质烟，轻轻地咳。

小强的成绩一向很好，老师说考重点高中肯定没问题。可是天不遂人愿，小强这次竟然考砸了，以三分之差与重点高中失之交臂。失落懊丧的小强收拾起自己的东西。

父亲问，你去哪？

小强说，不用你管。

父亲说我是你爸我不管你谁管你。

哈哈，哈哈哈……你像吗？你配吗？小强的眼睛直逼父亲，肌肉怪异地抽动。父亲在小强的逼视下，垂下眼睑，低下头，蹲下身子。他被烟熏黄的十指插进头发，抱住脑袋。又抖簌着手伸进口袋摸出一支烟来，点燃，猛吸一口呛得使劲咳嗽。

那些烟飘散着钻进父亲杂乱的头发，填进父亲拥挤的皱纹。小强的心突然一痛，却吐出硬邦邦的一句，你就不能少抽点啊！父亲抬起头看看他慌乱地把烟掐掉了。小强拿起包裹丢下一句，我回姥爷家。

山道上，夕阳把小强的影子拉长，稚气未脱的脸上亮晶晶的一片，小强抹了一把脸，骂一句没出息。

小强前脚到父亲后脚就来了。父亲在姥爷家吃了晚饭和姥爷唠了几句说要回了。姥爷说就让小强在这住几天也好。父亲说嗯哪。姥爷说孩子还小不懂事……父亲说嗯哪。姥爷说今天就住一晚再走吧。父亲回头看了看小强，小强一转身进了房间。父亲说不了，家里还有一大摊子事。

父亲回去后就一直没有来。

小强回姥爷家的第五天。邮差送来一封信，竟然是舟曲一中的录取通知书和一封信。信里说谢小强同学你好，这次破格录取你是因为你的父亲。他说了你的情况，还带来了初中学校老师对你的评语。他说请再给你一次机会。他跪下，他说他是不合格的父亲，他欠你太多。他是一位好父亲啊，你一定不要辜负他。

夜里突然起风了，紧接着大雨倾盆。雨狠命地敲打窗子发出“哗哗”的响声，小强睡不着，仿佛又听到了父亲轻轻的咳嗽声。

天一亮，小强冲进了雨中。

雨伞根本就撑不住，小强的全身已经湿透，但是小强的心却前所未有的轻松。他要回去告诉父亲他被录取的好消息，他要对父亲说，以后不许再和别人下跪。这么多年他没有叫过一声父亲。他不知道今天能不能叫得出口，他在心里默默地演练“爸爸，爸爸……”父亲该是怎样的表情呢？惊讶？惊喜？不知所措？搓着手转圈？咧着嘴傻笑？想着父亲的傻样小强忍不住笑了。

可是他找不着路了。前面的景象面目全非。几台挖掘机和武警官兵围在那里。小强发疯一样跑过去，被一位警察抱住了。

你不要命啦！山体随时还会滑坡。

他使劲地挣扎，怎么会这样？怎么会这样？

昨夜大雨引发泥石流，村子估计全毁了，不过你放心，我们会尽力营救的。警察一脸真诚，真诚里面是掩饰不了的无奈。

爸爸……

小强仰天呼唤，声音却在喉中哽住，他腿一软，跪倒在雨中……

阳光下的安琪儿

乔恩的同学病了，是很严重的病。

学校里组织了捐助。

乔恩当然也捐了，但是乔恩还想买一个礼物送给同学。

乔恩的爸爸妈妈是做生意的，他们当然有足够的钱。可是爸爸说，我们可以给你钱买礼物，但必须以我们的名义送给你的同学。

妈妈没吱声，显然，她和爸爸的意见高度一致。

算了算了，我只是想表达自己的一份爱心，还是我自己想办法吧。

乔恩撅着嘴。

乔恩想到了写稿，老师一直夸自己作文写得好，说不准投稿还真能发呢。

医院离乔恩家不远，乔恩一有时间就会去看望同学。

他们经常会玩一种叫做“看你说话”的游戏。

乔恩的耳朵在很小的时候就失聪了，现在用的是一种电子耳蜗，可是在植入电子耳蜗之前，她已经学会了根据说话人的口型进行交流的本领。

乔恩关掉电子耳蜗，看着坐在病床的同学口型：

你好，谢谢。

磨房磨墨，磨碎磨房一磨墨；梅香添煤，煤爆梅香两眉灰。

出南门，走六步，见着六叔和六舅，叫声六叔和六舅，借我六斗六升好绿豆；过了秋，打了豆，还我六叔六舅六十六斗六升好绿豆。

同学虽然很开心，可是因为身体的原因，不一会就累得靠在病床上打起瞌睡。

乔恩拿出笔记本，她在想自己写什么好呢？

她打量着病床上瘦瘦的同学，他可能是太虚弱了，窗外的太阳照进来，强烈的光打在他寡白的脸上，泛着微微的红。

乔恩赶紧拉上窗帘。

别拉，太阳光照在脸上真暖和。同学不知什么时候醒了，因为瘦，所以眼眶特别大，又因为有了短暂的睡眠，所以眼睛特别有神。

阳光重新照进来，打在乔恩的身上，她脸上的细小的毫毛显得明亮而温暖。

阳光下的你真漂亮，像个安琪儿。同学坐直了身子，笑呵呵地说。

我晕，你这个比喻一点儿也不像出自开明中学高才生之口。乔恩的脸微微有点发红。不过还是要感谢你，你让我有了灵感。

乔恩在笔记本上写下了《阳光下的安琪儿》这个题目。

父母都不在，同学低声对葛乔恩说：你知道我得的是什么病吗？

我……乔恩一下子愣住了，她不知道怎么回答这个问题。

很严重，我可能会挂掉。同学的声音更低，鬼鬼祟祟，好像电影里的坏蛋在密谋一件很恐怖的事情。

乔恩显然有些紧张，这正是同学想要的效果，他抬起手，夸张地模仿着电影里的造型：也许死后我会成为香港片里的僵尸，你怕不怕？

晕，有什么好怕的，到时我就做导演，你表演得不恐怖我还得扣你工资呢。乔恩撇撇嘴，有点不屑。

那好吧，你的笔记本留在这里，我今晚写个鬼片提纲，到时你来拍。同学呵呵地笑着说。

真没想到我这个同学胆子这么大，他竟然不怕死。

回到家，乔恩一边大口地吃饭一边跟妈妈讲述她去看望同学的经过。

你当初可比他差远了。妈妈摸摸她的头说，你当初耳朵失聪，可比你的这个同学让人烦心。

那时候想死的心都有了，乔恩偷偷地想，不过现在回过头来看那段岁月，反而有点感激上帝给过自己的苦难。

生命算什么，失聪又算什么，上帝只不过是安排你走一段很少有人走过的路。

乔恩的第一笔稿费终于收到了，她知道爸爸妈妈和别的人已经捐够了同学做手术的钱。

她用这笔稿费买了一盆水仙送给同学。

和煦的阳光照着水仙碧绿的叶子也把同学的脸照得格外生动。

乔恩看得呆了，情不自禁地说：你才是安琪儿啊，阳光下的安琪儿！

同学笑了。

雷大妈的威望

坐在公交车上，雷大妈感觉心口空洞洞的，不由自主双手交叠捧住心口，泪却不争气地流了下来。

以前家里家外还不是自己说了算？真的没想到啊，竟然会到今天这步！

雷大妈一向快人快语有主见，老头子从年轻时就顺着她，儿子更是孝顺，从不拂逆她。村里的女人遇上大事小事也都爱找她拿主意。

不知不觉中雷大妈在村里树立了不小的威望，在哪儿都能说上话，别人也服气。雷大妈的形象也是鹤立鸡群的：略微发福的身体，得体的衣着，雪白的头发一丝不苟往后梳，还喷上了定型啫喱，走到哪都是昂首挺胸的、眉眼带笑的。

让雷大妈最最自豪的是儿子。儿子从小成绩好，奖状糊了满山墙。村里人无不啧啧称赞，有什么样的妈就有什么样的儿子。每每那时候，雷大妈的心就像春天里的风，一漾一漾地吹皱了满脸细纹。

儿子大学毕业后留在了城里，娶了一个外省的老婆。这也是雷大妈的意思，雷大妈说本地的女孩都是独女，等有孩子了是姓她家还是姓咱家？那时候麻烦多了，还不如娶个外省的省心。

一晃结婚都三年了，儿媳妇的肚子却不见动静。面对村里人有意无意地询问，雷大妈坐不住了。

哈，我们故意先不要孩子的，拼搏几年再说。儿子笑嘻嘻地说。

雷大妈一听就着急了，你念书念傻啦！等几年你妈我还不定身体什么情况呢！乘我身子骨硬朗赶紧生一个，生完了我帮你们带。

儿子依然笑：妈，您啊，能活100岁呢！

雷大妈瞪着眼说：1000岁也不成，你必须立马给我生个娃！

儿子还真听话，没多久就报来喜讯，说怀上了。雷大妈那个乐啊，三天两头送好吃的去。什么草鸡蛋，生态鸡，野生鲫鱼，新鲜蔬菜，凡是乡下有的，雷大妈都不惜工本送过去。眼瞅着儿媳妇的肚子越来越鼓，雷大妈的心就像喝了蜜似的甜。

千等万盼，孩子出生了。大胖孙子！

得到消息，雷大妈像出膛的子弹拿上替换衣服就走。一路上不时有村人问，雷大妈您上哪？雷大妈的嗓门比平时更大了几分，看孙子去！

甩下两条野生鲫鱼，洗干净手，雷大妈搓着手不敢碰了。这小孙子胖乎乎粉嘟嘟跟莲藕似的。那就亲一个吧。刚俯下身子，儿媳妇把孩子抱里侧喂奶了。

门一响，一个老妇人提着东西走进来，雷大妈一看是亲家母。正想打招呼，亲家母摆了摆手，指了指床上的母子。

儿媳妇翻了个身说：妈，一会儿你给我煮鱼汤喝吧。雷大妈赶紧说，我这就煮去。儿媳妇说还是让我妈煮吧，我最喜欢喝她煮的鱼汤。亲家母乐呵呵地进了厨房。

雷大妈的目光在亲家母背上僵住了，这不是嫌自己多吗？怪不得还不让我碰孩子了！雷大妈脑袋里轰轰的，走出屋子给儿子挂了电话。

电话里儿子高兴地说妈你来啦？看见你小孙子了吗？雷大妈说看是看见了，你媳妇有人照顾呢，没我的事我就先回了。儿子听出来了，说，妈，您怎么就回了呢？我立马回来。

对于儿子这个表现，雷大妈心气稍稍顺了点，儿子毕竟向着自己的。

但是雷大妈没等儿子回来就走了。总不能害这小两口为了自己吵架吧。可是回去村里人要是问起怎么说呢？要是说被自己儿媳妇嫌弃，那几十年的威望就全毁了，将来还有什么脸在村子里走啊？

雷大妈正乱七八糟想着，手机响了。

手机里是儿媳妇的声音：妈，您赶紧回来吧！

不是用不到我吗？雷大妈抹了把脸话里还带着气。

用得到，用得到！您要是不回来，他就和我吵个没完了……

他小子敢！好。妈这就回来修理那浑小子！雷大妈拍着大腿说。

回去的时候雷大妈才知道上当了——儿子儿媳妇还有亲家母都乐呵呵地瞅着她。

拿自己开心?!雷大妈脸上又挂不住了，一转身想退出去。

儿子一把拉住了她，妈，快坐下吃饭。

我不饿。雷大妈梗着脖子说。

亲家母也过来拉住她：亲家母，吃完饭我就要走，儿子那边我走不开。这不临走前再为女儿做顿好吃的。来，快坐下尝尝我的手艺。

雷大妈脸腾地红了，一扭身进了厨房，盛起一碗汤递给儿媳妇，赶紧喝，汤要趁热。

我饶不了你

他扬起头望望天，皱起了眉头。

这鬼天气，怎么好端端的突然下起雨来了！他像一只困在笼子里的野兽在屋里来回走动，时不时往街上张望。湿漉漉的街道上传来刺耳的汽车喇叭声。

“叫什么叫！有个破车就了不起了呀！”他冲门外狠狠地吐了一口口水，拿起电话拨了个号。

“对不起，你拨打的电话暂时无法接通，请稍候再拨……”该死！怎么搞的，还是接不通！他自己也记不清这是第几次拨号了。

他沮丧地合上手机，眼睛飘向天空，天空就像一块洗不干净的抹布，黑压压的堵得心里发慌。早知道一起去就好了！他轻声嘀咕着。仿佛看到老婆瘦小的身影在雨中若隐若现，又茫然不见了。

本来是要和老婆一块去的，可是老婆说这回进货少，况且他对服装不在行，去了没大用处，不去还可以节省点车费。他感觉在理就没有坚持。

一大早，老婆就出门了，坚决不要他送，说让他多睡会。他的心情有点复杂，一半儿有点不踏实，一半儿有点窃喜。

他喜欢文学，喜欢写诗，可是老婆对这个没有兴趣。每次写完诗，他得意地读给老婆听，老婆总是一脸迷糊，不知所云，真是大煞风景。还是网上的美眉好呀，一口一个哥哥，对他佩服的一塌糊涂。平时不敢和她们畅所欲言，怕老婆不开心。今天好了，他觉得自己就像一匹白马在绿野上奔驰……

一开始他兴奋着，可是后来不知道怎么搞的，感觉好像有点不对劲了。静，特静。静得有点可怕，静得空落落的心里发虚。几点了？他下意识地看了下钟，下午2点30分。这时间照理老婆应该回家了呀。他开始焦躁不安了，他一次次地拨打电话，就是打不通。

怎么会打不通电话呢？最近电视上，网上常有交通事故的报道，难道……呸！呸！呸！别瞎想，不会有事的！那是不是遇上坏人了？唉……怎么搞的？得了狂想症了吗？

他敲敲自己的脑袋，继续在屋里转着圈，不时走出去张望着。除了淅淅沥沥的雨和打着雨伞匆匆的行人，老婆连个影子也看不见。他的鼻子竟然有点酸酸的，你个傻女人，怎么一出门就掉链子呀，连个电话也接不通。不行！再这样下去该疯了，他又拿起电话，拨出另一个号，他师妹的，音乐出来了，通了！

“喂？……”

“你……你们在哪呢？我怎么打不通你嫂子的电话呀？”他说话都有点结巴了。

“信号不好……嘟嘟……”

“喂？喂？”竟然断线！妈的！他愤愤的差点把电话砸了。

师妹接了电话，应该没事。他自我安慰着又坐回电脑前，可是已经没了聊天的兴趣。

“嘟嘟”电话响了，是师妹的声音：“师哥，出车祸了……嘟嘟……”

“喂喂？……”又断线！

他脑袋嗡的一下，瘫坐在椅子上。担心的事情真的发生了！血肉模糊的场面像炸弹一轮轮地轰炸着他，脑子顷刻被炸成了红白相间的糨糊。

回想起来老婆除了不爱动脑筋，其他什么都好。没有脾气，体贴，像个长不大的孩子。老婆对自己的爱是朴实的，虽然没有甜言蜜语，可是让人踏实。以前怎么就没有觉得呢，还老在心里嫌弃她。

恍惚间他看见老婆一会儿冲他甜甜地微笑，一会儿又变成七窍流血，还拼命地叫着他的名字。他一下一下薅着自己的头发，脊背上不停地冒冷汗。

老婆，等着我！

他发疯似的站了起来，碰倒了椅子。这时，电话又响起来了，他不敢接，他不知道会不会听到什么坏消息。

电话固执地一个劲响，他终于哆嗦着按了接听键。

“喂！老公，你怎么不接电话啊？我们路上出车祸了，噢！别急！不是我们的车子，但堵住了，晚点回来……我的电话昨天忘了充电了，师妹的电话？她的电话被她的顽皮儿子摔坏了，老断线。这不是怕你担心嘛，我在路边小店用公用电话给你打电话，呵呵！”

这个傻女人，回来我饶不了你！他笑了，脸上满是泪水。

大枣红了

这几天，女人时不时对着枣树发呆。

枣树是她和男人结婚那年种下的，就在前院，两棵，相隔两米的距离。树上挂满了绿里透红的大枣。男人说，我们就像这两棵枣树，深深地扎根，不离不弃。男人还说大枣会越结越多，我们的爱也会越来越深。她羞红了脸庞，左手捏紧右手，右手又捏紧左手。忽然两只手被一双大手握住，她颤了一下想收回，却连手带人一起落进了结实的怀抱。

男人说，莲，我一定会让你过上好日子。

她按照父母的意思嫁给了他，也可以说是她自己的意思。虽然相亲那会不好意思明目张胆地看，乘着递茶的当儿也看了个真切。小伙子白净肤色，五官秀气。端坐在那里不偏不倚，也就是老人们说的坐有坐相，尤其是一双眼睛炯炯有神。

他赶紧立起身来，接过茶杯。她低眉顺目逃离他的视线。那视线却依然灼热，像燃烧的火焰。这火焰扑到她的脸上灼红了桃花，扑进她怀里，惊醒了小鹿。

只等客人一走。母亲偷偷问她成不？她低下头随你们，就躲进了房间，却支起了耳朵。父亲说孩子人不错。母亲说可是听说家里不咋的。父亲说家境可以改变，人最重要。母亲说那就定了？父亲说定。

唢呐呜啦，鞭炮噼啪。一顶扎着红花的藤椅小轿来到门口。她一袭红衣，就像池中盛开的红莲。

男人没有空许诺言。他思维敏捷，办事果断。同样是在土里刨食，他却刨出了新意。人家种庄稼他种草皮。人家种草皮，他种树。人家种树，他办苗圃。人家办苗圃，他办公司。

三年。草房翻成了瓦房，两棵枣树开始挂果。

八年。瓦房翻了楼房，枣树长势良好，结满了大枣。

十五年。楼房翻成小别墅。一个大围墙把枣树和别墅围在里面。她的宅院大门从来不关，从来不关的大门却少有人进。

大枣红了，女人就用细竹竿打下大枣，送给村里人。大枣让所有村里人笑逐颜开，那眼神里有开心，羡慕，嫉妒，友好，恶毒……这些和她无关，她把大枣送给每一个村人，然后走进她深深的宅院。

是的，她深深的宅院，宅院里只有她。房子越建越好，枣树越长越高。男人越来越忙，和女人的距离越来越远。

终于，男人去了南方的大城市，男人说你也来吧。女人我来了也帮不上你的忙，况且家里还有一大摊子事……女人说话的时候眼睛不由自主看了几眼门前的枣树。枣树正开着金色的小花，细细密密，幽香扑鼻。同样金色的蜜蜂在花间时而飞起时而落下。

女人不去，却始终守着电话。一星期三个，一个月三个，一年三个。男人打来电话越来越少，女人的心越来越慌。女人问，你几时回来？男人说我忙，走不开。女人说那我过来看看你。男人说，大城市乱，你还是别来了，而且我没有时间陪你。

大枣红的时候，女人决定去看男人。女人找来细长的竹竿，打下成熟的大枣。装进篮子按例每家每户的送。女人用小布包小心翼翼包好一包大枣，换上一身新衣服，这身衣服是男人给她买的，一直舍不得穿。女人坐完汽车上火车，下了火车坐地铁，坐完地铁坐公交，女人离男人越来越近，女人的心七上八下，如怀小兔。

男人的公司很气派，公司大门口还有两个穿制服的门卫守着。门卫不让进，门卫说我们李董怎么可能有你这样土得掉渣的老婆。正在争执，一辆车开出来。正是男人。边上坐着一个女孩，女孩青春逼人。

男人说，你怎么来了？女人说，我来看看你，给你带了你最喜欢吃的大枣，咱们树上结的。女孩撇了撇嘴，一脸不屑。男人接过大枣，这大老远的跑来给我送大枣，你傻不傻啊。上车。

女人上车。男人说不是让你别来吗？你看我马上要出差，哪有时间陪你啊。女人说，我不拖累你，我这就回家。男人说既然来了，我先送你回家。女人说回家？男人说这边的家。

这时候，女孩拿起大枣“呼啦”一下扔到窗外。男人女人同时变色，女人大叫停车，在男人刹车的同时女人扑了出去，在扑出去的瞬间女人重重地摔倒，在摔倒的片刻女人失去知觉。

迷迷糊糊中，女人又看见了家门口的两颗枣树，树上结满了绿里透红的大枣。男人在树下细心地培土，浇水。突然，男人转身走了。她胡乱地伸出手来，她叫，别走，你忘了你说过的话了吗？你说我们就像那两颗枣树，深深地扎根，不离不弃……

女人的手被一双手轻轻地握住了。

霜白

夜深了。静穆的小村庄睡着了。屋顶的瓦楞湿漉漉的，在月华的辉映下泛出清冽冽的光。一只猫无声地跃上屋脊，脚一抖，一片小碎瓦顺着瓦楞咕噜噜滚下，猫探头观望了一下，又抬头看了一眼空中的月亮，若无其事地走开了。

母亲被这细微的声响惊动了，她侧过头看看窗外，窗子蒙上了霜气，白茫茫的。母亲掖了掖肩头的棉被，发出一声轻轻的叹息。

深更半夜的，你不睡觉做啥？父亲翻了个身，咕哝一句。

母亲转过身，唉，我这睡不着的毛病越来越厉害了。

父亲看了看母亲，你就不能不瞎想啊？

母亲眼里汪出了泪，我耳边老响着三丫头的哭声，那丫头连口奶都没吃上。

别想了，都那么多年了……父亲也叹了口气，转过背去。

能不想吗？身上掉下的肉……当年都怪你……母亲转过身肩膀不停地耸动。

你怎么又哭上了？女人家家就是眼窝子浅。孩子指不定比跟着我们过的好呢！父亲搂过母亲的肩。

母亲的肩膀耸动得更厉害了。

好好好，怪我还不行吗！你也不想想，我不也是没有办法吗？多个孩子多张嘴，你那时候也是饿得皮包骨的，哪来的奶水？

母亲垂下了眼睑。空气像缓缓流动的冰块，窗户上的霜气悄无声息地凝固成形状各异的霜花。远处的屋面上传来一声悠长的猫叫，像极了孩子的哭声。

母亲不禁哆嗦了一下。当年，三丫头也是在冬夜里降生的，尖细的哭声撕裂北风扯下了漫天飞雪。那夜，干柴棒一样的母亲搂着干柴棒一样的新生儿缩在炕上。炕两头同样干柴棒一样的丫头睡梦里磨着牙说，娘，我饿。父亲背着手来回踱步，不停嘴地叹气，最后看着天外露出的鱼肚白，咬咬牙说，送人吧。母亲流着泪搂紧了孩子。父亲伸出手。母亲把脸贴着孩子，看了又看亲了又亲还是无奈地撒了手。

你……真的看见咱们丫头是被人抱走的？母亲试探着问。

都和你说几百遍了，我亲眼看见一个老太婆抱的，不看见我能离开？不说了，睡吧。父亲翻了个身，脸向里床。母亲也翻了个身，脸向外床。

惨白的月光似乎也有了满腹心事，透过窗子无声地照在母亲忧伤的脸上。母亲支棱起耳朵，但是除了风吹断枯枝轻微的咔嚓声，没有再听到半点声响。

母亲又翻了个身，犹豫了一下，还是伸出食指轻轻戳了戳父亲的后背。唉，和你说个事。

嗯？父亲用鼻音说。

刘嫂说……昨天她去顾家湾看见一个女娃子和我们家二丫头长得一模一样。

刘嫂的话也能信？这人像人多得是。父亲用后背说。

母亲看着父亲的后脑勺，可是刘婶说她私底下去打听了下，这丫头不是那家亲生的，是捡的。年纪也和我们三丫头同年。你说会不会？……母亲小心翼翼地说。

我说你能不能别在这事情上纠缠啊？再说了，就算这丫头就是咱家丫头，咱们有脸去认？

母亲不再作声只是不停流泪。夜静得出奇，父亲竟破天荒没有发出排山倒海的鼾声。

天蒙蒙亮，母亲看了眼熟睡的父亲，轻手轻脚起床，踏着白霜去了顾家湾。她躲在村口的一棵树后张望，小路静悄悄的，没有一点声息。

母亲亲静静地等待着，头巾上，眉毛上都落了一层白霜，但是她的眼睛却是闪亮闪亮的。突然，衣服被扯了一下，母亲回过头看见了父亲，父亲的头发眉毛胡子上都结满了白霜。

母亲的眼圈红了，我只是想看看她，她平平安安的我就放心了。父亲点点头，你先回吧。说完整了整衣襟，大踏步向村子走去。母亲看着父亲的背影，抬手擦了擦眼睛，又眯起了眼睛。阳光不知道什么时候已经探出头来，在父亲的头上一闪一闪的，那些霜也悄然隐退了。

母亲咧一下嘴，一颗泪挂在了微翘的嘴角。

寂寞的向日葵

课休时间，同学们都在操场上玩闹，我没有出去，反正没有我，他们还是会玩得很开心。

一个人坐在静静的教室里，我突然有了想画画的冲动，环顾四周，确定没有人。拿出彩笔挑一支黄色的在白纸上认真地画了一个圆，配以花瓣，再用绿色的彩笔画上枝和叶子，两片叶子像手掌一样张开着，像在期待一个拥抱。

是的。这是一棵向日葵。我喜欢画向日葵，我感觉向日葵是灿烂的，快乐的。通常我会在向日葵的圆脸上画上弯弯的眼睛，弯弯的嘴巴，这样就成了一棵笑容满面的向日葵，它对着我笑，我也对着它笑。不过今天我没有在圆圈里画东西，于是向日葵没有了表情，就像现在的我。

我曾经就像一棵幸福的向日葵，圆圆的花盘里密密麻麻都是妈妈的爱。可不知道为什么，爸爸带着另一个女人回来，妈妈流着泪整理衣物离开了家。任凭我拽着妈妈的衣角哭喊，妈妈别走！以后宝儿一定乖！妈妈不要不理宝儿！呜呜……

妈妈在我的脸上亲了又亲，泪水滴到我的脸上，滴到我嘴巴里，咸咸的。妈妈说宝儿不哭，不是宝儿的错，是爸爸妈妈的错，妈妈会来看宝儿的！说完一步三回头地走了。

从此我便陷落了寂寞，每当黑夜来临的时候，我都会好怕好怕。梦中，常常会哭着找妈妈。我不明白，爸爸妈妈错了为什么不可以改正，为什么妈妈非得离开我。

妈妈，你知道我有多想你吗？

我用红笔在向日葵上面画了一个很模糊的太阳，虽然模糊看起来还是很温暖。那是我远走他乡的妈妈，她还会在我的天空出现吗？我的眼泪，忍不住簌簌而下。

奶奶让我管爸爸带来的女人叫妈妈，我疑惑了，人还会有两个妈妈？大人就是喜欢撒谎，她根本就不是我妈妈！我倔强地转过头去。

没多久新妈妈生了小妹妹，一家人都围着妹妹转，我好像成了透明的了，没有人会注意我，也没有人会在意我的感受。我就像童话里的灰姑娘，不对，我比灰姑娘强多了，灰姑娘没有妈妈，我有妈妈。

学校里，同学们没有以前那么友好了，看我的眼神也是怪怪的，对我爱理不理，还说我是没有妈妈的孩子。哼！我还不稀罕理你们呢！我有妈妈，我妈妈可漂亮了！我妈妈一定会来看我的！

妈妈真的来学校看我了，妈妈还是那样漂亮。妈妈的眼睛满是泪水，妈妈张开双臂。那是我渴望的朝思暮想的怀抱呵！我不顾一切扑到妈妈怀里，我贪婪地呼吸着妈妈的气息，那气息化作暖流在我心底流淌，最后从眼睛里汹涌而出，湿了妈妈的衣襟。

妈妈，我好想你！

宝儿！妈妈也好想你！

妈妈抚摸着我湿漉漉的脸，把我湿漉漉乱糟糟的头发捋顺。

等你放假了，妈妈来接你，好吗？

嗯嗯！好！

我盼啊盼，扳着手指计算妈妈来接我的日子，想象着妈妈温暖的怀抱。我对同学们说，等放假了，妈妈就会来接我了！虽然同学们有的不以为然，有的甚至还撇撇嘴，可是我的嘴角不由自主地扬起，做梦也会笑，真的。

终于放假了，妈妈如约而来，那时候，天是那样蔚蓝，云是那样可爱，我变成了蝴蝶飞了起来。

跟着妈妈来到了陌生的新家，妈妈也生了个小弟弟，小弟弟倒是可爱，整天姐姐姐姐的跟着叫，可是那个新爸爸的脸色却像张飞一样难看，那眼光像刀子让我背上发麻，我感觉自己就像是他饭粒上的一只苍蝇。他用眼神告诉我，我在这个家里是多余的。

这回我没有让妈妈看到我流泪，虽然我在被窝里哭了一宿，我把苦涩的眼泪吞进肚子，收拾东西离开了那个家。

我把那幅画留给了妈妈：一棵没有表情的向日葵，向日葵的上面有一个模糊的太阳。

飘　雪

这天又飘着小雪，是很细很柔的那种。

白露穿着一袭白色的风衣，长发飘飘，亭亭玉立。

不知道是不是因为没有化妆的缘故，脸色有些憔悴。

白露与王大力认识是因为坐了王大力一次车。

那时候白露还在酒吧做吧姐，大年三十晚上急着回家，刚好拦上了王大力的车。

后来两人慢慢成了朋友。

白露知道王大力生活不容易，家里还有一个患白血病的女儿。

在白露的一再要求下，王大力才接受了白露的帮助。

王大力女儿顺利接受手术，慢慢康复了。

王大力说什么也要请白露吃个饭，以表谢意。

白露坦率地答应了，不过白露说地点她定。

白露冲大力一笑，说走吧。

王大力说一定要上最好的酒店。

白露做了个停止的动作，调皮地说：忘了咱们的约定了？

王大力说：哪敢啊，请吩咐。

白露让王大力一直往城外开，左转。

王大力说，那有饭店吗？白露说没有。王大力说那你？白露说我想带你去一个地方。

白露说到了。

王大力呆住了。

白露站定，眼睛幽幽地望着沟壑，风掀起她的发丝，她的脸苍白如雪。

我母亲死在了那里。摔死的。也许她迷路了，走错了方向，才会滚落沟壑。

我从小就失去父亲，是母亲辛辛苦苦把我拉扯大，但是她的心脏病因为没有及时治疗到了很严重的程度，如果不手术，她随时都会死去。

手术需要很多钱，我没有办法，只能瞒着母亲变卖青春。

我拼命地挣钱挣钱，终于那天我挣够了母亲的手术费。

我满怀希望地回家……可是……我最终还是没有救到她，是我害死了她。

她一定是为了找我才出门的。

白露一边说一边流泪，不停地流，不停地流。

眼泪变成小溪，汇成河流，汪成大海。

王大力的泪也不停地流，不停地流。

眼泪变成小溪，汇成河流，汪成大海。

王大力扑通跪下，头狠狠地砸向地面。

白露，对不起，你母亲不是摔死的。是我。是被我撞死的。

还记得那天吗？

我载你回家。在返回的路上我撞上了你母亲。

我不是有意的，但抛尸是有意的。

我自私，我扔不下我的女儿，女儿的病不及时治疗就会没命，她才十岁啊。

其实我一直活得很痛苦，谢谢你救了我女儿。

现在女儿没事了，该是我偿命的时候了。

说着站起来就要往下跳。

你死了，我母亲能活回来吗？

白露一把抱住了王大力，冲他吼道，其实我早就怀疑是你。

我母亲再糊涂也不会到这边来，一定是遇上了意外，被人抛尸。

但是我没有证据。

我怀疑你是因为你的时间吻合，后来经过接触更坚定了我的猜测。

既然你已经猜到了为什么还要帮我？我是你的杀母仇人啊！

王大力双手狠狠地揪着自己的头发。

是。我想过报复你，可是我看到了你内心的煎熬，看到了你对女儿深切的爱。

先前，我试探着借钱给你，被你婉拒，这说明你不是贪财之人。

我相信你的内心是善良的。

其实也谈不上帮助，我只是尽我的能力挽救一个年幼的生命。

我想我母亲的在天之灵也会安慰的。

雪继续飘着，轻轻地，轻轻地。

王大力深深地向白露鞠了个躬，说谢谢你。你不仅救了我的女儿，也救了我。

第二天，王大力走进了警务室。

中奖

我是一个老彩民，彩票买了不少，就是中不了大奖。时间一长老婆就不乐意了，她说，就凭你还想中大奖？也不照照镜子。我照了照，还好吧。想当年我也算得是玉树临风，虽说今日不比往昔，至少没有到倒霉寒酸的地步啊。

等着吧。中个五百万砸死你。

吃过晚饭，我说老婆我去外面溜溜。

老婆眉一竖眼一瞪。又买彩票？你亏的钱够买一个大彩电了。

老婆一直想要个液晶彩电。其实凭家里的实力还是可以买的。老婆就是舍不得，说来说去就恨上我买彩票。也难怪，谁让我硬是中不了大奖呢。

我说老婆我有预感，五百万正向我走来，坚持就是胜利，你等着享福吧。

老婆白了我一眼，就当她默许了。

我怀揣着无限希望来到彩票投注点。卖彩票的小姑娘和我热情地打招呼，大叔，您来啦。

我说来了。掏出一张纸片，那是我研究了好几天的成果，二十组号码。

小姑娘照着纸片正要敲。

我说慢。小姑娘停下来。

二十组要四十块钱，好像有点多了，回去老婆肯定要骂。一般我都是买十组的，这次我觉着这有希望，那也有希望，就多选了十组。

我说我再挑挑吧。小姑娘说好。我又认真地挑了十组。小姑娘说定了？我说定了。

不一会小姑娘把彩票纸送到我手上，大叔祝你好运。

买完彩票心里又开始有点虚了，看看手里的彩票号码，这组不像，那组也不像。经过商场大镜子一照，真的不太像中大奖的人。

干脆商场里面逛一逛，买点老婆爱吃的零食贿赂一下，免得老婆到时候又要无休无止地数落。

回到家，看电视，等着大奖号码公布。

心动时刻终于来临了，我目不转睛，大气不敢出，那个彩球“啪啪”地转，我的心“嘭嘭”地跳。

第一个02第二个05第三个11第四个13第五个27第六个28第七个30特别号23。这组号码是那么熟悉，我分明写过的呀。我翻出我的彩票一个一个对。

哈哈！我的天神，真的中了！

老婆已经睡下了，我第一反应是想摇醒她。让她看看他英武神明的老公，手里这张惊天地泣鬼神的彩票。再一想不行，老婆这人脆弱，这个冲击太大了，怕她受不了。

走到穿衣镜前我摆了个pose，怎么看都有富豪风范。

五百万，完税后还有四百万。我花一百万买一套房子，精装修五十万，每个房间都安上液晶彩电，老婆走到哪就能看到哪。到时候她就不能小瞧我喽，烧菜，放洗澡水，给我削苹果。

嘿嘿，我终于咸鱼大翻身啦！

我闭上眼睛，红色的百元大钞向我飞来，一张张，就像玫瑰花瓣。我搂啊搂啊怎么也搂不完。

你挠我干啥？老婆踹我一脚。

老婆我中奖了！

你中屁奖，还没到开奖的时间呢！你啊，想中奖想疯了！

啊?！原来我窝在沙发里迷瞪上了。没关系，一会就开奖了，还有机会。我不敢再打瞌睡了，严阵以待。

终于开奖了。那饱含着我希望的球啪啪转动，我目不转睛，大气不敢出，那个彩球“啪啪”地转，我的心“嘭嘭”地跳。

第一个02第二个05第三个11第四个13第五个27第六个28第七个30特别号23。

真的是这几个号！我真的中了！我屁股像装了弹簧一样跳了起来，抱住老婆就啃了一口。

老婆有点晕了，真的中了？

真的！这回是真的！

我赶紧掏口袋，把彩票交给老婆。

老婆神情复杂，一组组看。我得意地吹起来口哨。

我呸！老婆啐了我一口。哪有啊？你这个疯子！

我抹了把脸上的口水，挤眉弄眼地说：老婆不兴这样啊，我知道你高兴，拿我开心呢。

你自己瞧去！老婆把彩票扔我脸上，一转身回了房间。

不像开玩笑呀！怎么回事？

我颤抖着手一组组看。没有！我揉了揉眼睛再看，还是没有。

这组数字我明明写上的，怎么会没有呢？

我心急慌忙翻出纸片。老天爷啊，号码在我没有购买的那一组上。

我头一晕，什么也不知道了。

等我醒来，眼前一片白，白色的墙壁，白色的被子。

老婆红着眼睛坐在床边上。

老东西，你可醒了啊！你吓死我了，我答应你以后买彩票，你想买多少就买多少，我再也不骂你了。

老婆……其实我真的中奖了。

你别一根筋啊，买彩票就当娱乐，那组号码你要是真买了，也许就不是了呢！别想那事了，哈。老婆拉住我的手眼泪哗啦就下来了。

我使劲握住老婆的手，说，老婆我想说的是，你才是我这生中中的最大的大奖啊！

走进大山的女孩

水车悠悠转动，扇页旋在水中，一波一波，柔柔地切割。

她伫立岸边，呆呆凝视，心却随着细密的涟漪散乱纠缠。

春天的时候，这位名叫林汐的女孩，满怀着憧憬和梦想，来到这个小山村支教。

三间旧瓦房，一个露天茅厕，歪脖树上吊着一口钟，二十多个孩子在房前的泥地里跑来跑去，这就是她第一眼看到的学校。

而她却喜欢上了这里——墨绿的群山怀抱中，溪流纵横，淙淙流淌的溪水，最后汇聚到一条小河里。清澈的河面上，一架水车咿呀咿呀，不疾不徐地转着。水车的背后，一轮夕阳泊在半空中，一动也不动，像睡着了一样。

她常常带孩子们到河边，教他们唱歌跳舞，教他们算术自然。那些孩子在她看来就像一棵棵生机勃勃的青玉米苗，他们睁着小麻雀样的黑眼睛，像看仙女一样看她，她很享受这种崇拜。

但这种热情却很快被现实的骨感所覆盖。且不说一日三餐的繁琐，露天茅厕的尴尬，单说这没有网络信号，就足以让一个来自都市的现代人心情郁结了。再加上一个星期才有一次的邮件往来，更让林汐如置世外，渐渐失去了许多好友的联系。

备课之余，夜深人静，孤独寂寞丝丝缕缕缠绕心头，挥之不去，斩之不断。当夏越来越炙热的时候，她的烦躁也在不断地升温。

就在此时，男友来信：林汐，疯够了吧？赶紧回来，工作已安排好。爱你的翔。

她执信手中，泪悄然涌出。

那一夜，月光如水洒在柔软的草坪，她枕着男友的膝盖说，你会一直陪在我身边吗？

男友抚摸着她丝滑的秀发说，当然。

要是我想去山村支教呢？

男友捏了下她小巧的鼻子，尽说傻话，真不知道你的小脑袋怎么会有那么多稀奇古怪的念头。

她翻了个身，双手支住头，双腿弯曲翘起，我是说真的。你和我一起吗？她仰起脸看着他，星眸闪烁。

他的笑却一点一点僵硬，他说我们回家吧。

她还是去了，奔驰的火车上，她给男友留下短信：我想去放飞梦想。

昨天已经递上了辞职报告，今天是她为孩子们上的最后一堂课。

可是孩子们像约好了似的，一个也没有来。

她惆怅地看着斑驳的黑板，陈旧的桌椅，这里曾闪耀着一双双纯真的眼睛。

尽管条件艰苦，尽管工资微薄到只能买一些必要的生活品，尽管上课时挥汗如雨，但是那些求知似渴的眼睛让她一次次感动，一次次为自己的选择而骄傲。

但是她高估了自己，原来她骨子里是贪恋城市浮华的，她并不能融进这个小山村。既然不适应，又何必勉强自己呢？城市在等她，爱人在等她。

她飞快地收拾行装。她不想再给自己任何犹豫的机会，她要以最快的速度离开这里。

窗外突然传来窸窸窣窣的声音。

谁？她一惊，树影后依稀有人影攒动。

人影缩进树丛却传来隐忍的啜泣，杂乱而稚嫩。

同学们，快出来。她打开门，几十个小小的人影蜂拥而至，紧紧地围住了她。孩子们流着泪，小脸红红的全是汗，身上脏兮兮的活像一只只小泥猴，有的裤子上挂了几个洞，有的手背上还割了几道血口子。

老师，你要走吗？校长说你要走了。

老师，你是不是因为天太热了，才要离开？大头说他表姐也是城里人，城里人夏天都有风扇。老师我们也有钱，我们也能给你买风扇。你看。

孩子们张开小手，每个孩子手心里都攥着几张湿漉漉的纸币。

老师，我们今天去摘山核桃了，如果钱不够，我们再去摘，老师你能等几天吗？呜呜……

傻孩子，老师不走。以后别去摘核桃了，你们才是老师心里最清凉的风扇。她张开双臂把孩子们紧紧地揽在怀中。

孩子们笑了，她也笑了，脸上淌满了泪。

男友再次来信。她回信，孩子们需要我。

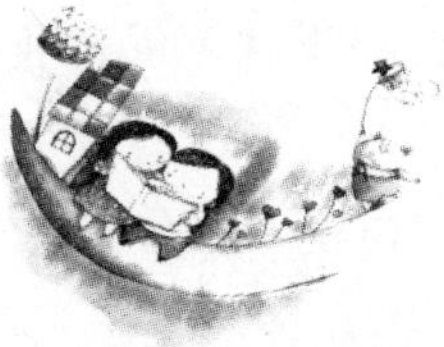

收 麦

阳光下，田野中翻滚着金色的麦浪，麦浪起伏处晃动着两个弯成“C”形老迈的身影。

汗珠子顺着蜿蜒的皱褶噼里啪啦往下掉。

老头子，歇会喝点水吧。

老婆婆用手抹了把汗，又捶了几下腰。

你渴就喝吧，我还不渴，乘着天好赶紧割。

老头一边说一边没停下手里的镰刀，哗哗哗，哗哗哗……

老婆婆摇了摇头叹了口气。

你看我们两把老骨头一年不如一年了，这么多地靠我们总不是个事……

我们不干谁干？两儿子都出去打工了，难道把他们叫回来？就算叫，他们也不会回来，现在的年轻人看见地就像看见了仇人，也不想想，都不种地，粮食从哪来！

老婆婆不吭声了，继续割，哗哗哗，哗哗哗……

哎呀！老婆婆赶紧把手指含在嘴里。

怎么了？

没大事，不小心割到手指了。

你怎么这么不小心呀？

老头语气里有了几分埋怨。

我想啊！

老婆眼里闪出了泪。

算了算了，你歇着吧。

我歇着，你一个人干到啥时候?

算了，我也不割了，烂地里拉倒!

老头一屁股坐在田埂上，抽出一支烟。

你啊，就会耍驴脾气，就不能想个招?

我能有啥招?

家里不是还有两大活人?

她们?你还是别动心思了。

老头使劲吸几口烟，又重重地吐出来，咳呛了几声，啐了一口浓痰。

老婆婆看了眼老头佝偻的后背，下定决心似的说，我有办法。

傍晚，老两口走进了老大的家。

老大家的正刷碗。

你们怎么来了?吃了吗?我这没多烧啊。

不用你忙乎，我们吃过了。有事情和你说。老婆婆说着替老头拉了把椅子。

啥事?化肥钱等你儿子回来跟他要，我兜里没钱。老大家的把碗刷得叮当作响。

不和你要钱。

那是啥事?

老大家的，你看我跟你爹，这身子骨是一年不如一年了，他一干活就喘，我呢一动弹浑身骨头根根都咯吱响……

直说吧，别绕弯子。

那我就直说了，这地只能分给你们自己种了。好的，离晒场近的都给你们，远的我们两老的种。可好?

我没意见，你们和老二家的说妥就好。

没想到老大家的挺爽快，老两口乐颠颠去了老二家。

到老二家那么一说，老二家的吐着瓜子壳说，老大家的没意见我也没意见。

好了，就这样说定了。

事情出奇地顺利，老两口心里的石头落了地。

接下来，老大家的喊娘家人来帮忙没几天就搞定了，老两口心里一个乐啊，看来这招还真管用。

老二家的却不见动静。也许过几天吧，老两口想。

可是一星期过去了，眼见地里的麦子要掉穗了。

老婆婆忍不住了。

老二家的，你的麦子咋不收哩？

我没力气收。

可是再不收全掉地里了。

掉就掉吧。

你就不心疼？

谁爱心疼谁心疼去。

老婆婆唉声叹气回了家。

老头赶紧问，咋的哩？

老婆婆说，还是我们去收吧。说着拿起了镰刀。

不能去。老头拦住了老婆婆。你今个去了，就没个头了。

可是……

别可是了，真正没人干，她还得自己干，忍着。

就忍着。一个月过去了。麦穗全伏倒在了地里。半年过去了。老二家的地里长满了杂草。

老两口躺在床上烙烙饼。

你说这老二家的怎么就不心疼呢，这么好的地就这么荒废了。

老婆婆坐不住了，又去老二家。

老二家的吐着瓜子壳，翻着白眼说地是我的，我愿意荒着就荒着，碍不着别人。

可是这都是好地啊！

好地？谁爱种谁种去。

第二天，老两口拿着家伙什就去干了。

花了三天除尽了草。播上了种，看着地又变得精神了。他们抹着汗展开了笑容。

可是没几天他们笑不出来了。

老大家的地也开始长杂草了。

老婆婆去到老大家。

你怎么也不去地里拔拔草什么的?

老大家的吐着瓜子壳翻着白眼说，你还有脸来问我?

老婆婆傻了。我怎么就没脸问你了?

你偏心眼!

我咋偏心眼了?

老二是你亲生的，老大是你捡的?

你这是什么话?

那你怎么帮老二家的干活不帮我们家干?

我……

老婆婆噎住了。

阳光下，田野中翻滚着金色的麦浪，麦浪起伏处晃动着两个弯成“C”形的老迈身影。

一袋炒面

三年自然灾害的时候，我念高一。

环境所致吧，同学们都没啥心思读书，我呢，成绩不好不坏，只想混个毕业。

没想到考试前夕，我娘居然给我提了一小袋炒面过来。

我说娘，你哪弄来的？不是都没粮食吗？

娘说，这你别管，娘拿来你只管吃。娘又神秘兮兮地说，娘天天吃这东西，都吃腻了。

我不相信地看着娘，娘瘦了，皱纹也多了。

娘笑笑说，娘故意要瘦些，太胖了没力气，你看娘现在多精神！

娘双手叉腰转了转身子，你看娘的腰也好了。

我放心了，那袋炒面在同学们惊羡的目光里我咀嚼得满嘴生香。

考完试，我兴冲冲回家了。

到家刚好午饭时分，望着自家烟囱里冒出的袅袅炊烟，仿佛看见了娘在灶前忙碌的身影。

娘，我回来了。

我大声叫着往家跑。

月月，考完试了，考的咋样？娘双手搓着围兜赶忙迎出来。

娘，做啥好吃的了？

我有意避开了娘的话题，不由分说跑到灶前，掀开锅。

我愣住了，锅里蒸着几个黑不溜秋的饼子。

娘，这是啥？

这，这是娘做着换胃口的……

娘说这话，眼睛分明在躲闪。

娘，我尝尝。

没等娘回应，就掂起一个咬了一口，顿时我的眼泪就下来了……

娘慌了，不好吃吧，赶紧吐了。

我摇摇头，一点不剩吃了个精光。

带着满嘴苦涩的味道，我回到了学校。

拿到大学通知书的时候，娘拉着我的手眼睛笑成了两条线，娘自豪地说，我娃就是有出息！

我也紧紧拉住娘的手却淌下了两行泪，我说娘，以后让你天天吃炒面。

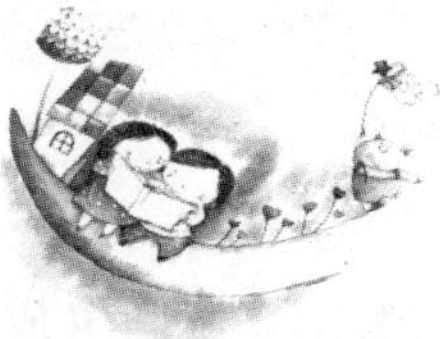

选　择

吸氧。输液。心脏复苏。

我们不停地忙碌着，额头都沁出细密的汗珠。很好！病人血压恢复正常，心电图恢复正常。病人恢复自主呼吸。我们松了口气。

病人是一位老人，松垮的脖颈上有明显的勒痕，面色发紫，来时深度昏迷。送老人来医院的是一位体格强健的青年。他一直焦灼不安地在抢救室门口徘徊，见我出去，一把拉住了我。

医生，我奶奶怎么样了？

现在暂时没事了。我冷冷地看着他，怎么回事？老人脖子上怎么会有勒痕？

我怎么知道！青年一脸沮丧，薅着根根直竖的板寸。是村里的老九发现的，老九上山砍柴发现我奶奶在树杈上挂着，幸亏发现及时呀，要不然……唉，也不知道奶奶是怎么想的，我爸爸还在医院呢，这不是存心给我们添乱吗！

哼哼……床上的老人发出了声音，我死了吗？青年抢上一步，奶奶，你没死，差点死了，你是不是老了脑子不清楚了，没事你干嘛自杀啊！还嫌不够乱是不是？我用手势阻止年轻人继续说下去。

老人家你感觉怎么样？

为什么我没死！我想死。活着一点意思也没有，只会害人。老人喃喃自语，嘴角不停地颤动，泪水爬过她满是皱褶的脸，她的嘴其实是一道更深更大的皱褶。稀稀拉拉几根白头发勉强挽了一个发髻，松松垮垮吊在脑后。

我说老人家你别瞎想，保重身体。老人突然睁大眼睛一把攥住了我，她说，医生求求你，让我死吧，我这老不死的不死，孩子就不太平！

我正感到诧异，青年抢着说，医生，我老爸病了在市医院，情况不太好，估计我奶奶受刺激了。

我的目光再一次停留在老人的脸上，老人也抬起混浊的双眼定定地看着我，透过她的眼睛我看见了忧伤和无助。这眼神我见过，对了，就是她！

那是三个月前的一个傍晚，我正收拾东西准备下班，却探进一颗灰白的脑袋。她脸色憔悴战战兢兢。我说请进。她犹豫着走进来，我想包扎一下，这血咋老出不停了？她举起手，食指上缠绕着破布，破布上血迹斑斑还有鲜红的血不断渗出。

我赶紧为她进行伤口处理。解开缠绕的破布，伤口很深，呈锯齿状，几乎能看见森森的白骨。我尽量动作轻柔，老人还是疼得哆嗦起来。我问她怎么受的伤？锯子锯的？嗯。老人懊丧地说，都怪我自己不小心。

伤口处理完毕，我开出一张单子，去交钱吧。

这单子上开的是什么？要多少钱？老人小心翼翼地问。我说是消炎药和破伤风针。

还要吃药打针啊？

当然，快去交钱吧。

打针贵吗？老人嗫嚅着，要很多钱吧？我说不贵您赶紧的吧，超过24小时就没用了！

老人还是犹豫着，时不时看看门外。这时，一位中年人走了进来，中年人高高大大，和瘦弱的老人形成鲜明的对比。他一脸的不耐烦，怎么还没好啊？一点点小伤就那么紧张！老人不安地低下头，就像一个做错事的孩子。我说你是病人家属吧，快去窗口交钱吧，马上打破伤风针。中年人斜睨了我一眼，没那么多事，你们医生就会吓唬人骗钱！

我猜测这位应该是老人的儿子，虽然他从进来到现在没有叫过一声妈。他漠然的态度让我有点气愤，我说你怎么能这样说呢！万一感染破伤风就来不及了。谁知道中年人恶狠狠地瞪着我说，要你狗拿耗子多管闲事，我说不用就不用！走，我们不看了。说完头也不回走了出去，老人看了我一眼，惴惴不安地跟了出去。

老人离去时那无助而慌乱的眼神让我记忆深刻。想不到事隔三个月后，老人竟然为了儿子去自杀。我说老人家，那是迷信，你千万别干傻事。老人哽咽着用手捂了脸，像是诉说又像是自言自语，他才四十多岁啊，他不该病，我不能让阎王爷带他走，让我来替他吧！

青年惊讶地瞪圆了眼睛，他看看他奶奶，又看看我，我看见了他眼里闪出的泪光。我转过身子，偷偷擦了下眼睛。

第二天老人就执意出院了，她高兴地对我说，儿子给她打来了电话，说正在康复中。她说她要去看他的儿子。那天天气很好，空气里飘满槐花和合欢甜甜的香气。

我不知道老人的儿子最后怎么样了，但是我坚信他的母亲已经用生命换回了他的重生。

神　刀

他查完最后两个病房，回到办公室。

脱掉白大褂挂到墙上的衣钩上，顺手把杯子里的茶饮尽。他轻轻转动脖子，脖子关节发出“嘎嘎”的声音。

今天他做了三台手术。这要是以前，根本就不算什么。他是一位优秀的外科医生。他技艺精湛，他就是闭上眼睛，也可以对病人身体脏器的每一个部位拿捏地分毫不差。他被誉为“神刀”。他和死神做着不屈不挠的争夺战。无数病人在他的手术刀下重新获得生命。他曾经一天中马不停蹄地做了八台手术。在他看来时间就是生命，他必须和死神抢时间。可是现在开始明显的力不从心了。他轻轻叹了口气，习惯性地用左手的五根手指把头发往后撸去，头发稀稀拉拉，几近脱顶，幸存的头发尽忠职守地紧贴着头皮。

他走过空寂而狭长的走廊，走廊里响起他“咚咚”的脚步声，间或从病房里传出一两声咳嗽隐隐夹杂着病人的呻吟。他微微皱了眉头，本来有点拥挤的皱纹更加深层次地堆积起来。下楼梯左拐就到了医院门口。风吹过来掀动他的衣角，贴紧他的身子，勾勒出他的单薄。长时间的手术让他的背有点弯曲，他把手放在背后。不知道从什么时候起他习惯了这个姿势走路。门卫老赵探出身子和他打招呼，葛医生您下班啦。他点一下头以示回应。

医院门口有个水果店，仗着医院这个风水宝地，生意很是红火。店里的水果应有尽有，有着迷人或者悔暗的外表。他在水果摊前站定。他想起张兰打过电话给他，说家里苹果没了，她还说那把刀找不到了……言语中满是懊丧。他的心一沉，不过马上恢复了轻松的口气，没事儿，我重买一把。她说嗯。他说可是我今天晚上有手术。她说改天好了。

他没有说谎，今晚本来是有一台手术的，病人突然发高烧，身体及其虚弱，考虑到病人有可能承受不起手术，就临时改了方案，先用药调理。

已经有一个星期没有见张兰了。这阵子病人特多，有些都是慕名而来的。医院有了他这把神刀以后是名声大振，病房告急。手术台上他忘我地工作，下班回到家浑身酸痛，基本是倒头就睡。有时候索性住在了医院值班室。妻心疼得红了眼睛，私底下找院长。院长说我也没有办法啊，病人都指名道姓要他做手术。老葛的医术一流，人才啊！人才也是肉做的！妻拉下了脸。院长只好赔笑，老嫂子别生气，等空点一定让老葛休假。最后还是不了了之。

葛医生，给你苹果。帮你多套了个马甲袋。水果店的胖嫂讨好地说。他说谢谢，多少钱？胖嫂依然是一脸笑，就算你八块钱好了。他付完钱，提着袋子走出去。伸手掏出手机打个电话，电话里传来妻熟悉的声音。他说，今晚我不回家了，住医院里。妻叹了口气说随你，我煲了汤，给你送来？他说不用了，我已经吃过了。说完就挂了电话。

对于妻，他是有愧的。与妻子的婚姻虽然是父母包办婚姻，妻子很贤惠，是个传统的女人，三十年来任劳任怨陪在他的身边。可是他却背叛了她。其实他一开始并不想，可是他就像踏进了泥潭越陷越深。他常常愧疚自责坐卧不安，甚至无数次想结束这段荒谬的情感。

认识张兰是因为一起意外。

一起交通事故，司机逃逸。一位女伤者被送进医院，这位伤患当然就是张兰。他主刀，好不容易把她从死亡线上拉了回来。谁知道她醒过来的第一句话却是，你为什么要救活我？我不要活，不是车子撞我，是我撞的车。他骗了我，我那么爱他，他竟然不要我了。我还活着干吗？看着这个泪流满面的女子，见惯了生死的他心里竟然隐隐作痛，甚至对那个有负于她的男人有了一种愤恨。他说有我在，不会让你死。

他转身往街上走。他知道街上有一个精品店，店里有很多精致的小刀，上次的那把他就是在那里买的。那把刀有着青铜的外壳，精美的纹饰，薄如蝉翼的刀锋。那把刀古朴典雅，沉稳中锋芒毕露。他当时就喜欢上了，毫不犹豫买了下来。张兰发出一声惊呼，这把刀太美了，简直无与伦比，就像无与伦比的你。他的脸红了，他说我没有你说的那样好。张兰在他额头亲了一下说你在我心里就是无与伦比的。他没有吭声却笑了，轻轻拥住了她。

他问老板还有那样一把刀吗？就是我上次买的那种。店老板对他记忆深刻，一下子就想起来了。他说没有了。他说哦，满眼失望。老板说这把刀是一对的，一把卖给了你，一把我自己收藏了。他不好意思地挠挠头皮，那把刀我很喜欢。他顿时燃起了希望，他说可不可以？我出高价。老板说看你说的，要是你真喜欢我就让给你，还是老价钱。反正我以后还有机会。那把刀真的和他以前的一模一样，同样的青铜外壳，同样的纹饰，抽出刀身同样的薄如蝉翼。

他满意地笑了，小心翼翼揣进口袋，他再次拥有了这把美丽的刀子，这让他精神愉快脚步轻盈，他甚至哼起了一支曲子。他的皱纹舒展开来，他的脊背再次挺直，他又回复了年轻。

到了。他掏出钥匙，习惯地转动。转不动。他摁门铃，没人应。他退后一步，确认没有走错门。心里突然有了莫名的不安。继续按。这回有声音了。外面谁啊？透着很熟悉的慵懒。那是张兰和他缠绵时候的语调。他说是我。里面没有声音了。片刻过后，张兰在门里说你不是说今晚有手术吗？他说取消了。

门哗啦开了，张兰头发凌乱，脸色绯红，鼻尖上渗出细密的汗珠。他像一只猎豹在屋里巡视。餐桌上的碗碟还在，房间里窗帘拉着，床单皱皱巴巴，仿佛对他做着暧昧的鬼脸。空气里似乎飘荡着若有若无的陌生气味。他的眉头开始纠集。怎么？你这么早就睡了？嗯。我身体有点不好。张兰跟在他的身后。他板过她的身子，眼睛直直地看着她，家里来客人了？她的唇霎时失色，一秒钟后又恢复了鲜艳，她说没啊。是我吃了没有收。你一定饿了吧？先洗澡，我去给你弄吃的。一会就好。说完踮起脚在他额头啄了一下。他明显感觉张兰的唇在颤抖。他看着她说看来你病得不轻，身体不好就不要做了，我吃方便面得了。她说好我去煮面，你快去洗澡吧。他说好吧。他走进浴室，掩上门。他拧开水龙头开到最大，发出哗哗的声音。他有了异乎寻常的慌乱，是的。慌乱。面对鲜血和死亡镇定自若的他现在竟然越来越慌乱。

他猛然拉开门，一个衣衫不整的男人窜了出去，他下意识地紧追不舍。男人跑到一辆车子跟前，迅速打开车门，他一个箭步扭住了他。男人身材高大，应该是属于气度不凡的那种。可是现在却狼狈不堪面如土色，说你放过我。他说凭什么？男人说我们是一样的，她不是你老婆。他一个激灵，被击中软肋。他松了手。这时张兰跑了下来，她一把抱住他，她说，你放过他，我求求你。他的手重新抓紧男人，他的脸扭曲狰狞，他说你——求我——放过他？这几个子犹如牙缝里蹦出来，叮当有声。

张兰点头如捣蒜，满脸的泪水，满眼的惊恐。她让他想起了街头流浪的小猫。她是那样柔弱，可是现在她却在保护另一个男人。他从她眼里看到了爱，对那个男人的爱。他有了挫败感，这种挫败感又引燃了另一种情绪，与其说嫉妒不如说愤怒。他说好。他放开男人。男人像一条获赦的狗，躬身往车子里钻，甚至没有看一眼为他求情的女人。他的嘴角浮出一个鄙夷而冷酷的笑意。他摸出那把漂亮的小刀，小刀在空中滑出一道优美的弧线，轻快而准确地从男人的后背刺进心脏。男人闷哼一声扑倒，暗红色的血烟花状喷射而出，涂满车顶，玻璃以及他的身体他的脸。他哈哈大笑。一张脸绝望诡异而恐怖。

他被捕的消息，轰动小城。一片唏嘘惋惜之声。他是神刀，无数人因他的刀子而生。他不仅医术高超，还医德高尚。在他眼里病人的生命高于一切，他甚至为穷困的病人垫付昂贵的医药费。人们联名上诉，人们联名求情。他们说他是好医生，他救了那么多人，病人需要他。他的妻当场晕倒。他流泪了。他说今生我最对不起的人就是我的妻子。他说，错位的爱情是世上最锋利的刀，我可以掌控手术刀，却掌控不了情感之刀。